BIRGIT PERINGER

Verliere nie den Mut

novum ✒ pro

Dieses Buch ist auch als
e-book
erhältlich.

www.novumverlag.com

Bibliografische Information
der Deutschen Nationalbibliothek:

Die Deutsche Nationalbibliothek
verzeichnet diese Publikation in
der Deutschen Nationalbibliografie.
Detaillierte bibliografische Daten
sind im Internet über
http://www.d-nb.de abrufbar.

Gedruckt in der Europäischen Union
auf umweltfreundlichem, chlor- und
säurefrei gebleichtem Papier.

© 2022 novum Verlag

ISBN 978-3-99107-967-5
Lektorat: Mag. Angelika Mählich
Umschlagfotos: Mikel Martinez De
Osaba, Wildlife World, Isselee,
Pixattitude | Dreamstime.com
Umschlaggestaltung, Layout & Satz:
novum Verlag

www.novumverlag.com

Climate neutral
Print product
ClimatePartner.com/16547-2201-1002

„Rudi, hiiieeer!", rufe ich laut und deutlich.
Schon dreht er sich zu mir herum und kommt freudig hergerannt.
Erwartungsvoll schaut er mich mit seinen warmen braunen Augen an.
Zur Belohnung, dass er so toll gefolgt hat, bekommt er ein Leckerli von mir.
Anschließend darf er wieder laufen.

Rudi ist mein Berner Sennenhund.
Er ist vier Jahre alt und das Liebste, was ich mir vorstellen kann!
Ohne Rudi wäre mein Leben noch ärmer. Warum?
Ich bin achtundzwanzig Jahre alt, Single, habe so gut wie keine engen Freunde und mein liebster Begleiter ist mein Hund!
Er liebt mich einfach so, wie ich bin! Und dafür liebe ich ihn noch viel mehr!
Ich arbeite freiwillig in Teilzeit, damit mein Hund nicht so lange alleine zu Hause ist!
Das Highlight des Tages sind unsere ausgedehnten Spaziergänge im Wald.
Mittlerweile kenne ich jeden Weg und jede Abzweigung!
Doch leider gibt es hier im Nordschwarzwald nicht sehr viele kurze Strecken!
Viele ziehen sich endlos, ohne irgendeine Möglichkeit abzukürzen! Deshalb überlege ich vorher gut, wohin wir gehen.
Aber dafür kenne ich sehr schöne Wege!

Einige der Wege werden von kleinen Bächen begleitet. Das Wasser plätschert von Stein zu Stein das mitunter gurgelnde Geräusche macht.

Das ist es, was einige nicht verstehen können, dass ich die Gerüche, die Farben und Geräusche der Natur so liebe, und ich mich gerne im Freien aufhalte!

Viele treffen sich lieber mit Freunden im Kaffee oder abends in der Disco. Doch das ist nichts für mich! Zu viele Menschen und zu viel Lärm!

Tja, manche würden sagen, dass mit mir etwas nicht stimmt! Schlimm? Für mich nicht!

Denn mir geht es gut und mir fehlt nichts! Oder doch? Na ja, vielleicht ein, zwei Freunde zum Quatschen wäre nicht schlecht! Wer weiß! Vielleicht kommt mir ja mal einer über den Weg gelaufen?

Ein Prinz auf einem weißen Pferd wird es wohl nicht sein! So verträumt und fern der Realität bin auch ich nicht!

„Rudi komm, wir gehen zum Bach!", rufe ich meinem Hund zu.
Mit einer Geste zeige ich ihm, welchen Weg ich meine.
Wir sind so gut aufeinander eingespielt, dass er alleine an meiner Körperhaltung merkt, was los ist und wohin es geht!
Habe ich schon erwähnt, wie sehr ich meinen Hund liebe?
Ich mache mir auch keine Sorgen, dass er jagen geht und einem Reh hinterherrennt. Dafür hört er zu gut und hat keinen Jagdtrieb, was mir die Hundeerziehung deutlich vereinfacht hat!

Heute ist es relativ warm für einen Nachmittag im Mai.
Deshalb gehen wir zu einem Bach, da kann Rudi sich abkühlen und etwas trinken!
Im Hochsommer wird die Hitze echt zum Problem!
Rudi ist kein Kurzhaarhund!
Sein Fell fühlt sich im Winter an wie bei einem kuscheligen Teddybären!

Im Sommer ist es etwas ausgedünnt, aber ihm ist dann immer noch sehr warm!
Er braucht ab und zu mal eine Bürste, um das alte Fell wegzubekommen, und im Sommer einen kühlen Platz zum Liegen!
Spaziergänge gehen dann nur frühmorgens oder spät am Abend!
Durch das schwarze dichte Fell könnte er sonst einen Hitzschlag bekommen! Und das will ich natürlich auf gar keinen Fall!
Ebenso die Hitze, die vom Boden abstrahlt, ist nicht zu unterschätzen!
Ich möchte im Hochsommer auch nicht barfuß über einen aufgeheizten Boden laufen!
Also mute ich das auch nicht meinem Hund zu!

Wir kommen dem Bach auf einem kleinen Trampelpfad immer näher.
Ich merke schon, wie es Rudi dahinzieht!
Er wird Durst haben, da er sich nur durch hecheln abkühlen kann!
Ich kann mir gut vorstellen, dass dadurch der Mund sehr trocken wird! Da hätte ich auch Durst!

Aber ganz so ungestört, wie ich dachte, sind wir nicht!
Männerstimmen dringen vom Bach aus in unsere Richtung!
Deshalb rufe ich Rudi zu mir und nehme ihn vorsorglich an die Leine!
Ich finde, das gehört sich so!
Man weiß nie, ob die Leute vor großen Hunden Angst haben.
Und Rudi ist ein Rüde mit einem Stockmaß von fast siebzig Zentimeter und einem Gewicht von fünfundfünfzig Kilogramm!
Er ist schon eine stattliche Erscheinung!
Deshalb rufe ich ihn immer zu mir, wenn jemand kommt.

Ich will keiner von den Hundebesitzern sein, die ihren Hund machen lassen, was er gerade will, weil sie nicht fähig sind, ihren Hund richtig zu erziehen!
Und von diesen Leuten gibt es leider genug!

Ich habe schon etliche Hund-Mensch-Begegnungen hinter mir, auf die ich ganz gerne verzichtet hätte!
Mein Hund „tut nichts", er kommt aber trotzdem an die Leine!

Rudi setzt sich brav vor mich hin. Ich lobe ihn und nehme ihn problemlos an die Leine!
Dann gehen wir weiter zum Bach.
Wenn ich nicht bemerkt hätte, wie Rudi zum Wasser zieht, hätte ich jetzt die Abzweigung, eine sehr steile Abkürzung, zu einem anderen Weg genommen!
Na gut!
Noch ein paar Meter, dann seh' ich ja, wie viele Personen da sind, und wo genau sie sich aufhalten!

Drei Männer stehen lachend und sich gegenseitig neckend an dem Uferbereich im Wasser, genau da, wo ich hinmuss!
Denn nur an dieser Stelle gibt es einen leichten Zugang zum Wasser! An anderen Stellen ist die Böschung viel zu steil!
Ich gehe einfach langsam näher und hoffe, dass sie mich bald bemerken!
Denn dann muss ich sie nicht ansprechen oder sie erschrecken sich nicht vor mir.
Aber so viel Glück ist mir heute nicht vergönnt!

Etwas unsicher, was ich in dem Moment tun soll, gehe ich langsam näher.
Rudi hat Durst und zieht mich die letzten drei Meter schnell zum Wasser.
Da endlich bemerken mich die Männer!
Zwei schauen freundlich überrascht, Einer bekommt ganz große Augen!
Ich hebe die Hand, um zu grüßen, und lächle dabei freundlich in ihre Richtung.
„Bin gleich wieder weg!", sage ich so laut, dass sie mich gut verstehen können.

Einer der Männer kommt näher, Einer zieht sich sogar noch etwas weiter zurück.

„Wow, was für ein schöner Hund!", sagt der eine, der nähergekommen ist, und lächelt mich dabei freundlich an.

„Kann man den streicheln?", fragt er hoffnungsvoll und schaut mich dabei fragend an.

„Wenn du dich traust!", gebe ich grinsend zur Antwort.

Mit starkem Herzklopfen schaue ich zu, wie er barfuß aus dem Wasser kommt und sich neben mich stellt.

„Hi, ich bin der Florian!", stellt er sich vor und streckt mir seine Hand entgegen.

Ich ergreife sie und antworte freundlich: „Sophie!"

„Und wie heißt dein Hund?", fragt er neugierig weiter.

„Das ist der Rudi!", antworte ich immer noch verhalten grinsend.

Er grinst zurück und geht in die Hocke.

Rudi kommt näher und schnüffelt erst mal an Florian.

Dann traut er sich und streichelt vorsichtig meinen Hund.

Rudi setzt sich brav hin und vergewissert sich durch einen kurzen Blick bei mir, ob alles in Ordnung ist.

Florian ist hin und weg von Rudi.

Sein Kumpel kommt dazu.

„Na, Florian, hast du einen neuen Freund gefunden?", sagt dieser fröhlich und haut ihm freundschaftlich auf die Schulter.

Florian zeigt ihm den Stinkefinger und krault Rudi unbeirrt weiter.

Das erheitert seinen Freund!

Er sieht breit grinsend zu mir und stellt sich vor.

„Hi, ich bin Daniel, Florian kennst du ja schon. Der Angsthase da drüben ist Timo!"

Er zwinkert mir dabei freundlich zu.

Ich lächle höflich zurück.

„Ich bin Sophie!", stelle ich mich kurz und bündig vor.

Die Jungs sind irgendwie witzig!

Doch drei auf einmal sind mir fast schon zu viel!

Bleibt es bei einem netten Gespräch oder muss ich mich schnell
aus dem Staub machen?
Ach, wer nicht wagt …

„Weißt du", fängt Daniel an.
„Timo hat total Angst vor Hunden! Als Kind ist er mal gebissen
worden!", klärt er mich auf.
Meine Augen verengen sich bei dieser Aussage.
„Das tut mir leid für ihn! Aber Rudi tut keiner Seele was zulei-
de!", sage ich ernst zurück.
„Machen wir eine Wette?", fragt mich Daniel und der Schalk
blitzt ihm dabei aus den Augen.
„Was stellst du dir denn vor?", frage ich neugierig zurück.
Er grinst mich herausfordernd an.
Florian schaut skeptisch.
„Hey, Timo!", ruft er laut. „Ich wette mit dir, dass du es nicht
schaffst, dich eine Stunde lang in der Nähe dieses Hundes auf-
zuhalten!"
„Geht das für dich in Ordnung?", flüstert er mir noch schnell zu.
Ich grinse und lasse ihn mit meiner Antwort kurze Zeit zappeln.
Nervös schaut er mich an und tritt dabei von einem Bein auf
das andere.
„Warum nicht?", erlöse ich ihn aus seinem Dilemma.
Erleichtert seufzt er auf.
„Was bekomme ich, wenn ich gewinne?", ruft Timo zurück und
kommt zögerlich näher.
„Die nächste Runde im Biergarten geht auf mich!", erklärt Da-
niel mit zuckenden Mundwinkeln.
„Ok!", ruft Timo zaghaft. „Ok, ich versuch es!", meint er mit
leidendem Gesichtsausdruck.

Florian hat uns stumm zugehört und lächelt vor sich hin.
So, dass Timo ihn nicht sehen kann, zeigt er mit den Daumen
nach oben und grinst über beide Backen.
Ich mache mit Rudi etwas Platz, damit die Jungs ihre Schuhe
wieder anziehen können.

„Kennst du eine Runde, die in dem Biergarten endet, der hier ganz in der Nähe ist?", fragt mich Florian fröhlich.

„Den Biergarten in der Nähe kenne ich! Also ja!", antworte ich auf seine Frage.

„Dann los!" Daniel klatscht auffordernd in die Hände.

Lächelnd schlage ich den Weg ein, den ich mir zwischenzeitlich schon überlegt habe.

Mal sehen, wie gut die Kondition der Jungs ist! Denn auch wenn ich einen Biergarten in der Nähe kenne, ist dieser bei einer langen Runde immer noch mindestens eine dreiviertel Stunde zu Fuß entfernt. Bei einer kurzen Runde wären wir in fünfzehn Minuten da. Aber das wäre ja fast zu schnell!

Timo hält sich erst mal im Hintergrund.

Doch dann wird er mutiger, schließt zu uns auf und geht sogar neben mir her.

„Tu einfach so, als ob Rudi nicht da wäre!", gebe ich ihm den guten Rat.

„Warum?", kommt die neugierige Frage zurück.

„Du machst den Hund mit deinem ungewohnten Verhalten auf dich aufmerksam! Deshalb will er näherkommen und genau nachschauen, was los ist! Je unauffälliger du dich verhältst, desto weniger interessant bist du für ihn!", kläre ich ihn auf.

Ich kann förmlich sehen, wie es in seinem Kopf arbeitet!

Daniel kommt wieder näher.

„Also sei einfach uninteressant!", sagt er spöttisch zu Timo.

Dieser wirft ihm nur einen gequälten Blick zu.

Florian geht vor sich hin pfeifend hinter uns her.

Rudi läuft frei umher.

Immer mal wieder geht Rudi von einem zum anderen und schnuppert an ihnen.

Timo hält dann regelmäßig den Atem an.

Manchmal stupse ich Timo an, damit er sich nicht so verkrampft!

Dann erkläre ich ihm die Hundesprache, warum Rudi sich gerade so verhält, warum Rudi das macht, was er gerade macht, und wie sich Timo dabei verhalten soll.

Mit der Zeit wird er immer lockerer.

Kurz bevor wir den Biergarten erreicht haben, verabschiede ich mich von den dreien.

Florian gibt mir als letzter die Hand.

„Hat echt Spaß gemacht! Können wir das wiederholen?", fragt er mich mit freudig blitzenden Augen.

„Warum nicht?", frage ich fröhlich zurück.

„Nächste Woche, gleiche Zeit und gleicher Ort?", fragt er humorvoll.

„Ok!", gebe ich lachend zurück.

„Ich kann zwar nicht sagen, dass es mir besonders Spaß gemacht hat, aber ich würde gerne dranbleiben! Du hast mir heute schon sehr viel geholfen!", gibt Timo völlig fertig von sich.

Es hat ihn wohl doch mehr geschlaucht, sich seiner Angst zu stellen, als er offen zugeben will!

Die drei winken mir noch zu und machen sich auf den Weg zu ihrem Feierabend-Bier.

Schmunzelnd mache ich mich mit Rudi auf den Heimweg.

Abends im Bett lasse ich den Tag noch einmal Revue passieren.

Es war lustig mit den drei Jungs!

Ungezwungen und locker!

Meine Bedenken am Anfang waren völlig unbegründet!

Ich freue mich schon auf nächste Woche!

Die Arbeitswoche ist wie immer:

Regale einräumen und die Kasse bedienen.

Nachmittags mit dem Hund in den Wald gehen.

Abends alleine vor dem Fernseher sitzen.

Ich freue mich schon auf Samstag!

Die Herausforderung nehme ich an, Timo seine Hundeangst zu nehmen!

Am Samstag nehme ich einen kleinen Rucksack mit Getränken für mich und Rudi mit.

Auf dem Weg zum Treffpunkt fühle ich mich glücklich!

Neue Bekanntschaften, und eine herausfordernde Aufgabe!

Tatsächlich stehen die Männer schon am Bach und warten auf mich.

Doch je näher ich komme, desto deutlicher wird, dass Daniel heute nicht dabei ist!

Ein mir unbekannter Mann steht neben Timo und Florian.

Die beiden grinsen schon von Weitem!

Florian entspannt, Timo etwas gequält!

Der Dritte schaut etwas skeptisch.

Timo und Florian geben mir zur Begrüßung die Hand.

„Schön, dass es geklappt hat!", meint Florian fröhlich.

„Darf ich dir Robin vorstellen? Er ist ein guter Kumpel von uns!", erzählt er munter weiter.

Ich gebe auch Robin die Hand.

„Schön dich kennenzulernen!", sage ich höflich.

Robin gibt mir die Hand und nickt mir nur stumm zu.

„Was habt ihr heute vor?", frage ich neugierig in die Runde.

„Das Gleiche wie beim letzten Mal?", fragt Timo vorsichtig.

Ich recke meinen Daumen hoch und gebe die Richtung an.

Doch heute gehen wir eine andere Strecke. Immer die gleiche ist langweilig!

Kaum unterwegs kommt ein angeregtes Gespräch zu Stande!

Ich werde ausgequetscht, wo ich wohne, wie ich wohne, ob das gut mit dem Hund klappt.

Wie meine Arbeitszeiten sind, wo ich arbeite, was ich arbeite …

Das ist ja fast ein richtiges Verhör!

Manche Fragen sind mit einem kurzen Satz geklärt.

Bei anderen muss ich weiter ausholen.

So zum Beispiel, dass ich in einer Mietwohnung wohne, meine Vermieterin sehr tierlieb ist und ich ihr für ihr Entgegenkommen viel im Garten helfe.

Dass ich nicht hundert Prozent arbeite, um mehr Zeit für Rudi zu haben, und so weiter.

Natürlich stelle ich auch Gegenfragen!

Florian hat ausgeplaudert, dass er in einer Schreinerei arbeitet.

Timo arbeitet in einem Autohaus in der Vorstandsabteilung.

Was Daniel arbeitet, wollen sie nicht preisgeben. Sie meinen, da müsse ich ihn selber fragen!

„Und was arbeitest du?", will ich nun neugierig von Robin wissen.

Er druckst etwas herum.

„Ich bin mein Militär!", gibt er etwas mürrisch zur Antwort.

Glücklich sieht er nicht aus, dass ich es nun weiß!

„Bist du in so einer Position, dass ich lieber vergessen sollte, welchen Beruf du ausübst?", frage ich ungezwungen.

Die Aussage lässt bei ihm die Mundwinkel zucken.

„Ja, das wäre nicht schlecht!", meint er gleich wieder ernst.

„Ok! Was hast du gesagt, wo du arbeitest?", frage ich betont neugierig. „Sorry, hab es wohl schon wieder vergessen!"

Die beiden anderen lachen herzlich.

Doch auch Robin muss schmunzeln!

Und so stehen wir recht bald wieder vor dem Biergarten.

Gerade, als ich mich verabschieden will, winkt Florian ab.

„Du bist herzlich eingeladen, was mit uns zu trinken! Hunde dürfen hier nämlich auch rein!", zwinkert er mir bedeutungsvoll zu.

„Lass uns doch ausprobieren, wie lange ich es aushalte, neben Rudi zu sitzen!", sagt Timo leidvoll. Ok! Warum nicht?

„Aber nur kurz!", gebe ich leicht ausweichend zur Antwort.

So gerne ich die Jungs auch habe, doch am liebsten bin ich immer noch alleine, oder?

Die Jungs nehmen mich in ihre Mitte und führen uns an einen großen Tisch, wo mindestens doppelt so viele Leute Platz haben.

Ich seh' mir den Tisch an und meine, ohne zu überlegen: „Wollt ihr auf Sicherheitsabstand gehen?"

Sie grinsen mich nur an.

„Unsere Kumpel kommen noch!", meint Florian amüsiert zu mir.

Ok! Voll in Fettnapf getreten?

Robin sieht schon wieder so angespannt aus!

Wir setzen uns an den Tisch und geben unsere Bestellung auf.

Ich werde tatsächlich eingeladen und habe freie Getränkeauswahl!

Und was bestelle ich? Ein Wasser!

Ein großes Auto fährt vor und Robin springt auf.
Timo entschuldigt sich auch und eilt Robin hinterher.
Nur Florian bleibt bei mir sitzen.
„Der Rest vom Tisch kommt gerade angefahren!", meint er lächelnd.
Rudi liegt brav unter dem Tisch.
So habe ich genug Zeit, alle mal genau anzusehen!
Florian hat braune Haare und braune Augen. Er bietet durch seine wilden Locken einen leicht verstrubbelten Anblick. Seine Seiten hat er ganz kurz geschnitten.
Timo trägt seine blonden glatten Haare im Nacken etwas länger. Sein Gesicht ist durchschnittlich hübsch. Er ist etwa gleich groß wie Florian.
Robin ist fast ein Schrank von einem Mann! Breit, muskulös, präziser Kurzhaarschnitt, ein markantes Gesicht.
Ja, wer auf solche Typen steht, könnte ihn als „scharf" bezeichnen!
Der Erste, der wieder kommt, ist Timo.
Daniel folgt ihm auf dem Fuß.
Als er mich sieht, grinst er und begrüßt mich herzlich!
Daniel sieht sehr gut aus! Jedenfalls für meinen Geschmack!
Er hat schwarze Haare und blaue Augen! Ein männliches Gesicht und ein Kurzhaarschnitt, der ihm extrem gutsteht!
Da könnte ich fast schwach werden!
Bevor ich anfange zu sabbern, sehe ich Robin wiederkommen, der einen Mann im Rollstuhl begleitet.
Dieser Mann sieht aus, als wolle er gleich wieder umdrehen!
Eine sehr hübsche Frau läuft neben ihm her und redet ständig auf ihn ein!
Bei uns angekommen, werden wir vorgestellt.
Als Jennifer jedoch hört, dass ein großer Hund unter dem Tisch liegt, sucht sie sich den weit entferntesten Sitzplatz!
Sie ist wirklich hübsch!
Schwarze lange Haare, dunkle Augen und eine super Figur!
Da kann man schon neidisch werden!

Der Rollstuhlfahrer wird in meine Nähe gesetzt, weil es hier am meisten Platz für ihn gibt!

Robin stellt uns vor: „Sophie, das ist Benjamin, ein sehr guter Freund! Benjamin, das ist Sophie mit ihrem Berner Sennenhund, der Timo seine Angst nehmen soll!"

Doch Benjamin verzieht kaum sein Gesicht und nickt mir nur kurz zu.

Ich möchte ihn nicht anstarren, will aber auch nicht unhöflich wirken!

Ich nicke ihm grüßend zu und versuche, in eine andere Richtung zu schauen.

Die anderen beginnen ein lebhaftes Gespräch, sodass ich nicht viel tun muss, außer zu lächeln, zu nicken, oder mal ein „Oh", oder „Aha" zu sagen.

So hübsch wie diese Jennifer auch ist, aber mir geht sie nach zehn Minuten schon auf die Nerven! Ihre ganze Art und wie sie spricht, strahlt Arroganz aus! Aber ich muss ja nicht mit ihr klarkommen!

Immer wieder fixiert sie Benjamin mit den Augen und versucht krampfhaft, ein Gespräch mit ihm zu führen! Ich glaube, dass er in unmittelbarer Nähe zu mir sitzt, findet sie nicht so prickelnd!

Ich trinke mein Glas recht schnell leer und verabschiede mich eilig.

„Danke für die Einladung! Hat mich gefreut, euch kennenzulernen!", sage ich freundlich in die Runde.

Als Rudi unter dem Tisch hervorkommt, fallen Jennifer fast die Augen aus dem Kopf!

In Benjamins Gesicht huscht ein leichtes Lächeln durch, das aber gleich wieder weg ist!

Daniel begleitet mich noch bis zum Ausgang.

Er drückt mir rechts und links ein Küsschen auf die Wange.

„Nächste Woche, selber Ort?", fragt er mit blitzenden Augen.

Etwas perplex durch diesen engen Körperkontakt stehe ich da und kann nur nicken.

„Bis dann!", ruft er fröhlich, winkt, und geht wieder zu seinen Freunden zurück.

Total verwirrt trete ich den Rückweg an!
Zu Hause gehe ich erst mal unter die Dusche!
In Unterwäsche betrachte ich mich im Spiegel.
Ich habe das Gefühl, Jennifer steht neben mir und lacht mich aus!
Ich sehe absolut durchschnittlich aus!
Hier und da ein kleines Fettpölsterchen! Etwas breite Hüften, aber nicht zu doll! Fraulich eben!
Nur auf meine Haare bin ich stolz! Sie reichen bis weit über die Schulter und sind naturblond und leicht gelockt.
Die hellen Strähnen kommen von der Sonne, die meine Haare ausgebleicht hat!
Meine Augenfarbe ist blau. Man kann aber fast schon blau-grau dazu sagen!
Fast immer trage ich meine Haare zusammengebunden.
In dieser Länge hängen sie sonst überall rein oder stören einfach!
Abschneiden? Kürzen? Nee!

Genervt von mir selber ziehe ich mich an und lümmle auf meinem Sofa herum.
Viele Gedanken kreisen mir dabei durch den Kopf!
Warum hat Daniel mir Küsschen links und rechts auf die Wange verteilt?
Weil er mich mag oder es bei jeder so macht?
Was Robin wohl genau beim Militär für Aufgaben hat?
Warum Benjamin im Rollstuhl sitzt …?
Fragen über Fragen, auf die ich jetzt eh keine Antwort finde!
„Weißt du was, Rudi? Ich gehe jetzt ins Bett!", sage ich leicht frustriert und schaue ihn liebevoll an.
Rudi hebt für einen kurzen Moment seinen Kopf und schaut müde zurück. Dann lässt er sich wieder auf die Seite sinken und bewegt sich keinen Millimeter! Ach, Hund müsste man sein!

Die Arbeit ist in dieser Woche recht zähflüssig!
Irgendwie will die Zeit nicht vorübergehen!
Noch eine Stunde bis Feierabend!

So in Gedanken bekomme ich nur am Rande mit, dass ein Kunde seine Ware auf das Kassenband legt.

Die Ware fährt zu mir vor.

Ich hebe freundlich meinen Kopf, habe ein Lächeln ins Gesicht gepflastert, und sage freundlich guten Tag.

Im ersten Moment denke ich, ich seh' nicht richtig!

Aber das Gesicht grinst mich immer noch an!

„Hallo, Sophie!", sagt die dunkle Stimme, die mir eine herrliche Gänsehaut beschert!

„Daniel!", sage ich freudig überrascht.

Er grinst mich noch breiter an.

„Bist du schon im Feierabend?", fragt er lachend und deutet dabei auf mich.

Ich kann nur meine Augen verdrehen.

„Nee, leider noch nicht! Aber bald!", gebe ich amüsiert zur Antwort.

Ich ziehe die Ware über den Scanner.

„Drei Euro, achtundsechzig Cent, bitte!", verlange ich den Preis.

Er reicht mir einen Fünfeuroschein. Das Rückgeld lege ich in seine Hand.

„Ich wollte nach deiner Telefonnummer fragen!", rückt er mit der Sprache raus.

Ich schaue ihn nur fragend an.

„Kann sein, dass wir uns am Samstag an einem anderen Ort treffen. Ich wollte nicht, dass du umsonst wartest! Dann kann ich dir Bescheid geben, wo und wann!"

Er zwinkert mir fröhlich zu.

Mein Puls beschleunigt sich!

Klingt einleuchtend!

Ich suche nach einem kleinen Zettel.

Keiner da, was auch sonst!

Dann nehme ich halt ein Prospektheftchen und schreibe da meine Nummer drauf.

Ich reiche ihm den Prospekt, halte ihn aber noch fest.

„Wie kommt es, dass du weißt, wo ich arbeite? Habt ihr über mich gesprochen?", platze ich neugierig mit der Frage heraus.

„Klar!", sagt er sichtlich amüsiert. „Du bist zurzeit Gesprächsthema Nummer eins!"

Leider kommt der nächste Kunde und Daniel verabschiedet sich schnell.

Mit feuchten Händen und starkem Herzklopfen bringe ich meine Schicht zu Ende!

Noch zwei Tage bis Samstag!

Doch heute kommt keiner der Jungs vorbei!

Wieso warte ich eigentlich? Weil Daniel gestern da war?

Steiger dich nicht so rein! Ermahne ich mich selber.

Sonst ist die Enttäuschung nachher umso größer!

Ich weiß ja noch gar nicht so genau, welcher der Jungs noch zu haben ist oder sich in festen Händen befindet!

Freitagabend bekomme ich eine SMS: *Treff morgen, 13.00 Uhr, Parkplatz beim Biergarten. Kommst du? Gruß, Daniel*

Ich schreibe zurück: *Geht klar! Bis dann! Grüßle, Sophie*

Huu, morgen sehe ich ihn wieder!

Mal sehen, wer noch alles dabei ist!

Ruhig bleiben! Ermahne ich mich immer wieder!

Samstagmorgen und ich bin tierisch aufgeregt!

Ich weiß selber noch nicht genau, warum!

Oder doch? Vielleicht ein kleines bisschen!

Die Jungs sind echt nett und sehen ganz passabel aus! Nein! Sie sehen richtig gut aus!

Um zwölf Uhr mache ich mich aufbruchsfertig.

Ich brauche zu Fuß fast eine dreiviertel Stunde, bis ich am Treffplatz bin!

Rudi wedelt freudig mit seiner Rute.

Er kann es auch kaum abwarten, bis ich die Türe aufmache und es losgeht.

Je näher ich meinem Ziel komme, desto nervöser werde ich!
Am Treffpunkt angekommen bin ich nicht die Erste!
Timo, Daniel und Florian sind schon da und helfen Benjamin
gerade aus dem Auto!
Jennifer steht wie ein Aufpasser daneben und beaufsichtigt je-
den Handgriff!
Ein Auto fährt vor und Robin steigt aus!
Jetzt sind wohl alle da?
Benjamin macht mal wieder ein genervt unnahbares Gesicht, als
er mich und die anderen begrüßt. Als er Robin sieht, huscht ihm
aber ein Lächeln durchs Gesicht.
Wow! Wenn er nicht so grimmig schaut, ist er richtig attraktiv!
Seine schwarzen Haare sind sehr kurz geschnitten! Seine blauen
Augen erinnern mich an Daniel! Benjamin spürt wohl meinen
Blick und schaut mich wieder unfreundlich an!
Deshalb blicke ich schnell in eine andere Richtung!
„Hey, schön dass du da bist!", kommt Daniel schwungvoll bei
mir an und umarmt mich kurz.
Die Blicke der anderen ignoriere ich und tu so, als ob nichts ge-
wesen wäre! War es ja auch nicht! War doch nur eine herzliche
Begrüßung!
Jennifers Blick zu mir ist nicht gerade freundlich!
Warum bin ich eigentlich hier??

Timo gesellt sich zu mir und nimmt vorsichtig Kontakt zu
Rudi auf.
Er wird immer mutiger!
Dann hänge ich mich eben an Timo ran, dann habe ich auch
eine Begründung, warum ich hier bin!

Die Jungs wollen zum nahegelegenen Fußballplatz laufen.
Die haben heute ein Freundschaftsspiel mit dem Nachbarort.
Die Wegstrecke ist nicht sehr lang! Vielleicht fünfzehn Minu-
ten zu Fuß.
Mit Timo und Rudi laufe ich den anderen einfach hinterher.
So habe ich die Möglichkeit, die Jungs besser zu beobachten!

Daniel blödelt immer wieder mit Benjamin herum und versucht ihn dabei aufzumuntern!

Auf einmal schnappt sich Daniel den Rollstuhl und rennt mit Benjamin ein ganzes Stück weg. Erheitertes Kichern der anderen folgt ihnen.

Rudi schaut auch schon ganz neugierig, was denn da los ist!

Fasziniert schaue ich den beiden hinterher.

Timo bemerkt, wohin mein Blick geht!

Er grinst und meint: „Sind schon attraktive Kerle, die zwei!"

Etwas verunsichert, wie er diese Aussage wohl meint, schaue ich ihn an.

Wie meint er das jetzt?

„Sie sehen sich ähnlich, ist mir vorhin aufgefallen!", versuche ich mich zu erklären.

Timo grinst breiter.

„Es sind ja auch Brüder!", erklärt er erheitert.

„Na, dann ist ja alles geklärt!", antworte ich aufatmend.

Am Spielfeld angekommen, suchen wir uns einen geeigneten Standort, wo auch der Rollstuhl gut Platz findet.

Ich halte mich weiterhin im Hintergrund und komme mir vor wie das fünfte Rad am Wagen!

Ich bin schon dabei Luft zu holen, um mich zu verabschieden, als Daniel zu mir kommt.

„Ich gehe mit den anderen kurz rein, um Essen zu holen! Passt du kurz auf Benjamin auf?", fragt er mich höflich zuzwinkernd.

Ich kann nur nicken, weil ich mich so überrumpelt fühle.

Die Jungs gehen los und ich trete ein paar Schritte näher zu Benjamin.

Ich höre Jennifer sagen: „Bin gleich wieder da, Schatz! Muss mal für kleine Mädchen!"

Sie bückt sich zu ihm und küsst ihn auf die Wange, weil er sein Gesicht im letzten Moment abgewendet hat.

Mit hoch erhobenem Kopf geht sie den gleichen Weg wie die Jungs!

Jetzt bin ich mit Benjamin alleine!

Rudi nimmt mir irgendeine Entscheidung ab und setzt sich direkt vor Benjamin.

Als dieser nicht reagiert, legt er vorsichtig seinen großen Kopf auf dessen Beine und schaut ihn mit seinen warmen braunen Augen an.

Benjamin sieht noch recht kräftig aus!

Auch seine Beine passen proportional zu Körper.

Ich denke, dass er noch nicht lange im Rollstuhl sitzt!

Vielleicht ist er deshalb so unglücklich?

Langsam hebt er seine Hand und krault Rudi vorsichtig hinter seinen Ohren.

Der rückt etwas näher an ihn ran, damit Benjamin besser an ihn herankommt.

Benjamin entschlüpft ein kleiner Lacher!

Das wiederum lässt mich glücklich Lächeln!

Benjamin blickt zu mir und sein Blick wird wieder abweisend!

Ich hole tief Luft, um etwas zu sagen.

Doch ohne Worte entweicht mir die Luft wieder!

„Sag doch einfach, was du meinst!", fährt er mich verärgert an.

Ein weiterer Seufzer entfleucht mir.

Zögerlich antworte ich: „Ich weiß nicht, was und wie ich es sagen soll!"

Verwundert schaut er mich an.

Ich seufze wieder.

„Sage ich nichts, weil ich nicht weiß, wie ich es formulieren soll, bist du sauer auf mich, weil ich nichts sage! Sage und frage ich etwas, wo ich weiß, dass die Antwort dich daran erinnert, dass du im Rollstuhl sitzt, bist du auch sauer auf mich!", erkläre ich ihm ernst.

Verdattert schaut er mich an.

„Ich habe keinen Doktortitel! Geht das auch einfacher?", meint er nun leicht belustigt.

„Also gut! Wenn ich dich frage, wie es dir geht, und gleichzeitig dein Gesicht betrachte, kann ich mir die Frage sparen!", kläre ich ihn leicht errötend auf.

„Du hast mich aber noch gar nicht gefragt!", meint er wieder ernst und schaut mich direkt an.

Ich lege den Kopf etwas schief und blicke in seine wunderschönen blauen Augen.

„Wie geht es dir?", frage ich übertrieben höflich.

Er grinst mich frech an.

„Gerade geht es mir gut! Ich habe eine lustige Unterhaltung!", erklärt er sichtlich amüsiert.

„Ha, ha, Witzbold!", gebe ich leicht genervt zur Antwort und verdrehe die Augen.

Das scheint ihn noch mehr zu erheitern!

„Warum beobachtest du mich ständig?", fragt er nun wieder ernst.

Unruhig trete ich von einem Fuß auf den anderen.

„Ich bin nicht der Typ für großartige Gespräche. Ich beobachte lieber die Menschen. Dabei ist mir die Ähnlichkeit zwischen dir und Daniel aufgefallen!", versuche ich mich zu erklären.

Mit großen Augen schaut er mich an und betrachtet mich offen und neugierig.

„Dann warst du beim ersten Treffen sehr abweisend! Ich dränge mich niemandem auf!", erkläre ich weiter und schaue ihn jetzt direkt an.

Er nickt nur und seufzt laut.

„Ich sitze noch nicht lange im Rollstuhl!", erklärt er mir sichtlich aufgewühlt.

„Das belastet mich sehr! Ich war vor dem Unfall sehr aktiv und bin jetzt an diesen blöden Stuhl gefesselt!"

„Das tut mir leid für dich!", sage ich leise.

„Aber das sagen wahrscheinlich viele und du kannst es nicht mehr hören!"

Betreten schaue ich auf den Boden.

„Ja, da hast du recht!", antwortet er mir ebenso leise.

Immer noch krault er Rudi.

Sein Blick geht jetzt aber starr über das Spielfeld.

Jennifer kommt zurück und schaut mich mal wieder böse an!

Sie traut sich nicht, näher an Benjamin ranzutreten, weil Rudi so nah bei ihm sitzt!

Die Jungs kommen wieder und verteilen das Essen!

Rudi hole ich zu mir, bevor er noch auf blöde Ideen kommt!
Das lässt Benjamin schmunzeln, mich grinsen und Daniel verwundert schauen!

Nach dem Essen setzt sich Rudi wieder ganz eng zu Benjamin.
Er spürt wohl, dass er gebraucht wird!
Benjamin krault ihn wieder hingebungsvoll hinter den Ohren.
Jennifer schaut mich jetzt bitterböse an!
Robin zeigt mir dem Daumen nach oben und klopft seinem
Freund kumpelhaft auf die Schulter.
Florian meint an alle: „Wollen wir noch eine Runde laufen
gehen?"
Robin schaut mich daraufhin fragend an.
„Du kennst dich doch ein bisschen aus hier! Was meinst du? Gibt
es eine Strecke, die rollstuhltauglich ist?"
Ich brauche nicht mal nachzudenken!
„Ja, hier kann man gut laufen! Die Wege sind fast eben und trocken, da dürfte unterwegs auch nichts passieren!", antworte ich
auf die Frage.
Mir wird gedeutet voranzugehen.
Die Jungs helfen Benjamin mit seinem Rollstuhl.
Jennifer meint arrogant: „Ich werde hier auf euch warten! Ich
habe keine Lust mitzugehen!"
Sie setzt sich demonstrativ auf die nächste Bank.
Keiner der Jungs scheint sonderlich traurig darüber zu sein!
So kann ich Rudi freilaufen lassen!

Wir treten den Rundweg an, der kaum steil bergauf oder bergab geht!
Das ist in dieser Gegend eine Seltenheit!
Benjamin schiebt sich alleine krampfhaft vorwärts.
Auf dem leicht geschotterten Boden ist das Vorwärtskommen
sehr kräftezehrend!
Doch die Jungs machen keinerlei Anstalten, ihm zu helfen!
Ich kann da aber nicht mehr zusehen und greife beherzt nach
den Handgriffen des Rollstuhls!

„Was soll das? Ich kann das alleine!", faucht mich Benjamin wütend an.

„Ich sehe, dass du es kannst! Aber du hast hier Freunde, die dir helfen können!", gebe ich entspannt zurück.

„Lass mich!", faucht er etwas heftiger.

„Nein!", gebe ich bestimmt zurück.

Die Jungs verfolgen gespannt, wie die Auseinandersetzung bei uns weitergeht!

„Ich habe gesagt, du sollst es lassen!", schreit er mich nun fast an.

Doch ich schiebe unbeirrt weiter.

„Vergiss es!", gebe ich betont höflich zurück, obwohl ich innerlich zittere, ob ich das Richtige mache.

Genervt reißt er seine Hände in die Höhe.

„Na, geht doch!", sage ich beschwichtigend.

Belustigt schiebe ich weiter.

Benjamin faltet seine Hände auf dem Schoß zusammen.

„Dir ist immer noch kein Zacken aus der Krone gebrochen, weil du dir helfen lässt!", erkläre ich bestimmt.

Er seufzt nur noch und schüttelt den Kopf. Ob über sich selber oder die Situation, ich weiß es nicht!

Daniel kommt näher und klopft seinem Bruder aufmunternd auf die Schulter.

„Brüderchen, sie ist noch sturer als du!", sagt er breit grinsend.

Nach fünfzehn Minuten werden meine Arme schwer!

„Wechsel!", rufe ich laut in die Gruppe.

Sofort steht der Nächste bereit und schiebt weiter.

Ich schüttle meine Arme aus und gehe jetzt neben Benjamin her.

Er wirft mir böse Blicke zu.

Ich grinse ihn an.

„Spar' dir deine Kräfte! Später kannst du mithelfen, dann geht es ein Stück bergauf!"

Das besänftigt ihn etwas und er wird wieder lockerer!

Ich lass mich etwas zurückfallen und Daniel gesellt sich zu mir.

„Danke!", sagt er leise zu mir.

Ich greife nach seiner Hand und drücke sie kurz!

Ich spüre, was er mir sagen will!

Endlich lässt sein Bruder sich helfen und wirkt etwas lockerer!
Vielleicht ist das jetzt der Durchbruch, damit er mit der Situation besser zurechtkommt und annimmt und sich helfen lässt?

Im letzten Streckenabschnitt hilft Benjamin wieder tatkräftig mit.
Am Sportplatz angekommen, verabschiede ich mich von den Jungs.
Benjamin reicht mir überraschenderweise seine Hand, die ich verdutzt ergreife!
„Danke!", meint er mit fester Stimme und schaut mir intensiv in die Augen.
Ich drücke ihm noch einmal die Hand und trete unter den giftigen Blicken Jennifers den Heimweg an.

Hu, der letzte Blick von Benjamin hatte es in sich!
Doch er ist vergeben!
So gerne ich auch mit Jennifer tauschen möchte!
Benjamin fasziniert mich auf seine ganz eigene Art!
Er hat sehr ausdrucksstarke Augen!
Die Erinnerung daran lässt mir eine Gänsehaut über den ganzen Körper laufen!
Jetzt aber nichts wie Heim! Rudi ist schon ganz k.o.!

In der Nacht kann ich lange nicht schlafen!
Rudi schnarcht schon längst neben mir!
Immer wieder geht mir durch den Kopf, ob es richtig war, Benjamin so herauszufordern.
Doch immer wieder sage ich mir: Ja!
Er kann doch einfach Hilfe annehmen!
Aber sein Stolz ist ihm im Weg!

Die kommende Woche schleppt sich von Tag zu Tag!
Es wird immer heißer, sodass ich mit Rudi nicht mehr so lange unterwegs sein kann!
Unsere Gassirunden verlagern sich in den späten Abend!

Am Freitagabend habe ich immer noch keine SMS von den Jungs bekommen!
Schade!
Dann muss ich mir eben selber überlegen, was ich am Wochenende mache.
Heiße Temperaturen stehen an!
So mache ich einen auf faul und liege eine Zeit lang in den Garten.
Rudi bleibt freiwillig im kühleren Haus!
Erst spät am Abend drehen wir eine kurze Runde!

Der Montag ist schneller wieder da, als ich es gerne hätte.
Morgens quäle ich mich aus dem Bett, um zur Arbeit zu gehen.
Viele Kunden hatten wir bis jetzt noch nicht!
Doch plötzlich wird es im hinteren Bereich laut und turbulent!
Dosen und Flaschen krachen auf den Boden!
Erschrocken schaue ich mich um.
Doch schnell wird mir klar, dass der Hausdedektiv schon dran ist!
Herr Müller ist dafür zuständig, den Laden über Kameras zu überwachen und gelegentlich persönlich durch die Gänge zu gehen.
Jetzt hat er einen Jugendlichen gepackt und zieht ihn in sein Büro, das in unmittelbarer Nähe der Kasse ist.
In ein paar Minuten wird wohl die Polizei da sein!

Zehn Minuten später betreten zwei Beamte den Laden.
Sie steuern direkt auf mich zu.
Einer der beiden grinst mich breit an!
Erst schaue ich verblüfft, dann wandern meine Mundwinkel steil nach oben!
„Hi!", kommt es grüßend von Daniel.
„Na, so was! Jetzt weiß ich auch, was du beruflich machst!", sage ich schmunzelnd.
„Wir wurden hergerufen!", sagt er wieder ernst.
Ich deute auf die Türe, wo sie erwartet werden.
Denn ausgerechnet jetzt kommt ein Kunde, um zu bezahlen.

Daniel tippt sich an die Mütze zum Gruß und geht mit seinem Kollegen in die gezeigte Richtung. Die Türe geht schon auf und Herr Müller winkt die beiden Beamten herein.
Wow! In Uniform sieht der Kerl noch attraktiver aus!

In der nächsten Stunde habe ich keine Zeit mehr zu sabbern! Es scheint so, als ob alle Kunden sich abgesprochen hätten, zur selben Zeit einkaufen zu gehen! Deshalb kann ich zum Abschied nur nicken, als Daniel und sein Kollege den Jugendlichen abführen.

Am Freitag habe ich wieder keine Nachricht erhalten! Schade! Also nehme ich mir vor, am Wochenende Großputz in meiner Wohnung zu machen!
Mitten beim Fensterputzen klingelt mein Handy!
Zügig suche ich danach und nehme den Anruf entgegen.
„Hallo, Sophie! Hast du gerade was zu tun?", dringt die Stimme von Timo an mein Ohr.
„Um was geht es denn?", frage ich neugierig zurück.
Er druckst etwas herum.
„Na ja, wir haben die Abzweigung genommen, von der du uns das letzte Mal abgeraten hast. Jetzt wissen wir nicht so genau, wo wir am besten weitergehen sollen!", gibt er reumütig von sich.
„Ähm!", kommt noch dazu. „Benjamin haben wir auch dabei!"
Oh Gott! Nein!
Ich frage genau nach, welchen Weg sie genommen haben, und wo sie schon vorbeigekommen sind.
„Ich komme euch entgegen! Bleibt genau auf diesem Weg und an der nächsten Abzweigung rechts halten! Ich weiß gerade nur nicht, wie der Weg heißt!", erkläre ich ihm aufgebracht.
Denn viele Wanderwege haben „Straßenschilder".
Doch den Namen dieser Strecke fällt mir auf die Schnelle nicht ein!
Schnell packe ich meinen Rucksack mit Trinkflaschen voll.
Dann ruckizucki Schuhe an und fertig!

Auf lange Hosen verzichte ich, da es heute sehr warm ist und auf dem Weg, den ich den Jungs entgegenkomme, kaum Brennnessel wachsen!
Rudi lasse ich zu Hause!

So schnell ich kann, gehe ich den Jungs entgegen.
An unserem ersten Treffpunkt am Bach komme ich gerade vorbei.
Noch ein kurzes Stück und die Jungs müssten mir eigentlich entgegenkommen!
Nach weiteren zehn Minuten sehe ich sie, wie sie sich mit dem Rollstuhl abmühen!
Timo und Florian sind total verschwitzt!
Benjamin sieht auch nicht besser aus!
Nach einer schnellen Begrüßung hole ich rasch die Getränke aus meinem Rucksack.
Dankbar nehmen die Jungs das Wasser entgegen!
„Warum hast du uns hier raufgeschickt?", fragt mich Florian noch immer atemlos.
„Das ist die leichteste Strecke zurück! Es wird zwar noch etwas steiler, aber dann ist der Untergrund besser! Die andere Strecke wäre noch steiler und unwegsamer und länger als die hier!", kläre ich sie auf.
Benjamin stöhnt gequält auf.
„Ich habe es euch doch gleich gesagt, dass das eine blöde Idee ist!"
„Hast du die Möglichkeit, dich abholen zu lassen?", frage ich ihn hoffnungsvoll.
Doch er schüttelt den Kopf.
„Jennifer ist mit dem Auto weg! Sie hat jetzt eine Beautybehandlung! Da hat sie kein Telefon dabei!", erklärt er mir sichtlich genervt.
„Na dann! Wir kriegen dich schon hier weg!", sage ich augenzwinkernd zu ihm.
Er verdreht nur die Augen.

Immer zu zweit schieben wir Benjamin vorwärts.
Einer kann sich dabei ausruhen.

So wird ständig durch gewechselt!

Dieser Teilabschnitt ist nicht besonders steil, aber die Fahrspur eng, und im Mittelstreifen wächst Gras! So bleiben die Räder vom Rollstuhl immer wieder hängen!
Am Bach machen wir eine kurze Pause, um zu verschnaufen!
„Jetzt kommt der schwierigste Teil!", erkläre ich den Jungs.
„Die Straße ist asphaltiert und es geht circa zehn bis fünfzehn Minuten bergauf. Aber die Strecke ist sehr steil! Wenn wir noch jemanden hätten, der uns hilft, wäre das nicht schlecht!", gebe ich zu bedenken.
Doch die Jungs winken ab. Sie wollen es gerne alleine schaffen!
Jetzt schon völlig fertig, machen wir uns weiter auf den Weg!
Doch immer nach ein paar Metern müssen wir stehen bleiben und verschnaufen!
Die wenigen Autofahrer, die vorbeikommen, beachten uns nicht!

Timo hat ein Einsehen und telefoniert.
Benjamin ist total wütend auf sich, in den Stuhl gefesselt zu sein!
Aufmunternd klopfe ich ihm auf die Schulter.
Er winkt nur frustriert ab!
Meter für Meter quälen wir uns weiter!
Als wir es fast geschafft haben, kommt uns Robin mit verkniffenem Gesicht entgegen!
Völlig entkräftet überlassen wir es ihm, den Rollstuhl weiterzuschieben!

Nach weiteren fünf Minuten sind wir am Biergarten angekommen.
Alle lassen sich erschöpft auf einen Stuhl fallen!
„Und wer von euch kam auf diese blöde Idee?", fragt Robin sauer und deutet in die Runde.
Florian und Timo beschuldigen sich gegenseitig.
„Dann gebt ihr beide eine Runde aus!", befiehlt er im barschen Ton.

Kurz auf der Toilette mache ich mich etwas frisch und spritze mir Wasser ins Gesicht, über die Arme und Beine.

Tut das gut!

Dann frage ich den Betreiber, ob er ein Handtuch für mich hat. Dieses mache ich nass und gehe wieder zurück zu den Jungs.

„Achtung!", warne ich Benjamin kurz vor, bevor ich ihm das nasse Handtuch über die Schulter lege. Nach einem kurzen Zögern nimmt er es und reibt sich damit ab.

Florian und Timo verschwinden auch mal kurz!

„Danke für deine Hilfe!", sagt Robin ernst zu mir.

„Kein Problem! Habe ich gern gemacht! Auch wenn der Ausflug Muskelkater gibt!", antworte ich aufstöhnend. Ich spüre jetzt schon jeden Muskel am Leib!

Eine Zeit lang sitzen wir still zusammen.

Ein Auto fährt vor und Daniel in Uniform steigt aus.

„Na, Feierabend?", begrüßt Robin seinen Freund mit einem kräftigen Handschlag.

„Ja!", gibt dieser knapp zur Antwort.

„Wie ich sehe, sind alle wohlbehalten?", fragt Daniel vorwurfsvoll.

Timo und Florian zucken schuldbewusst zusammen.

„Bei dir alles gut?", fragt er angespannt seinen Bruder.

Benjamin nickt nur.

„Wo hast du denn den Rudi versteckt?", will er neugierig von mir wissen.

„Zu Hause! Jetzt ist es zu warm für solche Spaziergänge!", gebe ich grinsend zur Antwort.

Endlich zucken seine Mundwinkel!

„Wie kommst du nach Hause?", will Daniel von mir wissen.

„Zu Fuß?", gebe ich freundlich zurück und blicke ihn keck an.

Er schüttelt nur den Kopf.

„Ich bring dich Heim! Dann ziehe ich allen drei die Ohren lang, mir so einen Schrecken einzujagen!", sagt er ernst.

Doch jetzt muss sogar Benjamin lächeln!

Als ich ausgetrunken habe, verabschiede ich mich und steige zu Daniel ins Auto.

Unterwegs kann ich mein Kichern nicht mehr zurückhalten!

„Was ist denn so lustig?", fragt er mich auffordernd.

„Ich sehe schon die Nachbarn vor mir!", erkläre ich ihm belustigt. Mit verstellter Stimme sage ich: „Schau mal, sie wird von der Polizei heimgebracht! Sie hat bestimmt etwas angestellt! Sie war doch immer so ein braves Mädchen!"

Auch Daniel bricht nach meiner Vorstellung in schallendes Gelächter aus!

„Ich dachte bis jetzt auch, dass du keiner Fliege was zuleide tun kannst!", sagt er glucksend.

„Danke fürs Herfahren!", sage ich emotional und blicke ihn fest an.

Er schaut mir tief in die Augen.

„Ich habe zu danken! Du bringst Benjamin sein Lächeln zurück!", sagt er ernst und betrachtet mich immer noch intensiv.

„Geht alles auf meine Kosten!", gebe ich lachend zur Antwort.

Spätabends schaffe ich nur noch eine kleine Runde mit dem Hund! Ich bin total erledigt!

Am Sonntagmorgen bekomme ich eine Nachricht aufs Handy:
Dreizehn Uhr, Pizzeria Stadtmitte, nicht verhandelbar!
Ein Smiley und ein erhobener Daumen sind angehängt. Heftiges Bauchflattern ist meine Antwort darauf!

Warum nicht?

Mit Blick auf die Uhr mache ich mich fertig.

Kurze Hose, mein enges Lieblingstop, Sandalen an, fertig!

Rudi kann ich mitnehmen. Es ist zwar warm heute, aber nicht ganz so drückend heiß!

Auf dem Weg in die Stadtmitte klopft mein Herz etwas schneller!

Mit zehn Minuten Verspätung komme ich bei der Pizzeria an.

Daniel, Robin und Benjamin erwarten mich schon!

Sie haben drei Tische zusammengeschoben!

Also kommen noch mehr?

Die Begrüßung ist herzlich mit Küsschen auf die Wange.
„Wenn du dich etwas bückst, kriegst du von mir auch eines!",
erklärt mir Benjamin frech grinsend.
Lachend bücke ich mich zu ihm und hauche auch ihm ein Küsschen auf die Wange.
Etwas länger als nötig hält er meine Hand fest.
Doch dann gibt er mich schnell wieder frei.
Habe ich mir das gerade nur eingebildet?

Ich sitze mit Rudi so, dass die anderen Gäste sich nicht gestört fühlen.
Doch Rudi sucht eh nur ständig die Nähe von Benjamin!
So sitze ich recht nah bei ihm und habe zur Not eine Ausrede parat.
Es stört mich ja nicht! Nein! Ganz im Gegenteil!
Immer wieder wirft mir Benjamin einen Blick zu. Doch genauso schnell wendet er sich auch wieder ab!

Timo und Florian stoßen zu uns.
Timo setzt sich an meine andere freie Seite, um zu beweisen, dass er keine Angst mehr vor Rudi hat!
Doch der interessiert sich immer noch nur für Benjamin, der ihn hinter den Ohren krault!

Getränke werden serviert und wir geben die Bestellung für die Pizza auf.
Timo, Benjamin und ich beschließen, eine Familienpizza gemeinsam zu essen.
Eine Pizza für mich alleine wäre mir zu viel!
„Musst wohl auf deine Figur achten?", foppt mich Timo und deutet an mir herunter.
Hätte ich bloß etwas anderes angezogen! Zu spät!
Daniel wirkt etwas nervös heute! Was ihn wohl beschäftigt?
Ständig schaut er auf die Uhr!

Die Pizza kommt und wir fangen mit dem Essen an. Doch auch mit vollem Mund wird es an unserem Tisch nicht leiser!
Ich schaue gerade zu Daniel, als er sein Pizzastück zurücklegt und er ein seliges Lächeln im Gesicht hat!
Er starrt immer nur in eine Richtung. Eilig steht er auf, als ein hübsches Mädchen auf ihn zu kommt! Er schnappt sie sich, wirbelt sie herum und küsst sie stürmisch!
Oha, das ist wohl seine Freundin!
Die zwei können sich gar nicht voneinander lösen, bis einer der Jungs ruft: „Die Pizza wird kalt!"
Gelächter und ein großes Hallo ist die Folge.
Die Frau geht von einem zum anderen und alle begrüßen sich mit Umarmung und Küsschen auf die Wange.
Mir gibt sie die Hand und lächelt mich freundlich dabei an.
Sie ist mir sofort sympathisch!
Braune lange Haare und braune Augen. Sie ist keine Schönheit, strahlt aber eine innere Ruhe und Kraft aus!
„Hi, ich bin Linda!", stellt sie sich höflich vor.
Freundlich lächle ich zurück.
Bevor ich mich vorstellen kann, meint Timo zu ihr: „Das ist meine Therapeutin Sophie!"
Er deutet noch vielsagend unter den Tisch.
Neugierig blickt sie in diese Richtung und sinkt auf die Knie.
„Ja, was bist du denn für ein Hübscher?"
Kurz ist sie mit Rudi beschäftigt.
Dann steht sie auf, drückt Benjamin an der Schulter, blickt noch einmal zu mir und setzt sich Daniel auf den Schoß, der noch einmal einen langen Kuss bekommt!

Die restliche Pizza ist schnell aufgegessen.
Ein Gespräch entsteht, indem alle beteiligt sind, auch ich!
Linda wird aufgeklärt, was es mit mir auf sich hat.
Auch von unseren Abenteuern wird berichtet.
Warm blicken ihre Augen zu mir.
„Endlich Verstärkung in dem Männerhaufen!", sagt sie genüsslich.
Buh-Rufe und Gelächter folgen auf ihre Aussage.

Ich lächle entspannt zurück und zucke mit der Schulter.
Keine Ahnung, ob ich so dazugehöre!

Daniel hat nur noch Augen für seine Freundin!
Die beiden haben sich über längere Zeit nicht sehen können,
wurde ich aufgeklärt.
Sie harmonieren echt schön miteinander!
Die Finger können sie auch nicht voneinander lassen!

Rudi wird etwas unruhig.
„Ich muss mal eine Runde mit ihm laufen gehen!", sage ich in
die Runde.
„Nimmst du mich mit?", fragt Benjamin und blickt mich mit
fragenden Augen an.
Die anderen schauen etwas perplex.
Das eine oder andere Lächeln breitet sich in den Gesichtern aus!
„Klar, warum nicht?", antworte ich ihm aufgeregt.

Alle helfen mit, die Stühle zu verrutschen, damit Benjamin mit
seinem Rollstuhl besser vorbeikommt.
Zusammen machen wir uns auf den Weg!
Wir schlagen die Richtung ein, die uns zum Fluss führt, der mit-
ten durch unsere schöne Stadt fließt.
Auf diesem Teilstück ist es recht flach!
Innerhalb der Stadt schubst sich Benjamin selber vorwärts. Da
unsere Stadt sehr übersichtlich ist, lassen wir die letzten Häuser
bald hinter uns und ich unterstütze ihn!
Lange Zeit schweigen wir!

„Darf ich fragen, warum du im Rollstuhl sitzt?", platze ich ein-
fach so mit der Frage heraus.
Er sieht mich nicht an, da ich hinter ihm laufe.
Doch ich merke schnell, dass er mit sich kämpft!
Er knetet seine Hände und ballt sie immer wieder zur Faust.
„Vor einem Monat hatte ich einen Autounfall!", erklärt er mir
leise.

„Ein anderer Autofahrer ist mit überhöhter Geschwindigkeit von der Fahrbahn abgekommen! Wir waren gerade dabei, einen Auffahrunfall aufzunehmen!"

Er kommt ins Stocken.

„Ich wurde angefahren und mein Partner wurde lebensgefährlich verletzt. Er starb drei Tage später an seinen schweren Verletzungen!"

Er kämpft mit den Tränen!

Ich habe den Kampf schon verloren!

Mir kullern sie schon über die Wange!

Meine linke Hand lege ich auf seine Schulter und lasse sie dort liegen, während wir weitergehen.

Wenig später legt er seine rechte Hand obendrauf.

Ohne weitere Worte gehen wir noch ein ganzes Stück weiter.

An einer schönen Stelle bleiben wir direkt am Flussufer stehen und schauen ins Wasser.

„Die Ärzte sagen, ich habe gute Chancen, wieder laufen zu können! Doch meine Blockade", dabei tippt er auf seinen Kopf, „verhindert meine Genesung!", sagt er frustriert.

„Aber es ist möglich?", frage ich ihn leise.

Die Hand, die meine hält, zieht mich ein Stück herum, sodass ich nun direkt neben ihm zum Stehen komme.

Seinen linken Arm legt er um meine Hüfte.

Ich drücke mich ganz nah an ihn ran!

Mit meiner freien Hand kraule ich seinen Nacken.

Meine andere Hand hält er immer noch fest!

Ihm kullern auch ein paar Tränen aus den Augen!

Er lehnt seinen Kopf vorsichtig gegen meinen Bauch. So bleiben wir lange stehen!

Ein lauter Donner reißt uns auseinander!

„Oh, Mist!", rufe ich verärgert aus.

Benjamin lacht nur.

Ein Blick in den Himmel verrät mir, dass uns nicht mehr viel Zeit bleibt, bevor wir nass werden!
Da habe ich tatsächlich nicht bemerkt, dass schwarze Wolken aufziehen!
Schnell drehe ich den Rollstuhl auf den Weg zurück, den wir gekommen sind.
Unterwegs gibt es eine kleine Hütte, die früher mal eine Haltestelle für die Postkutsche war.
Darauf eile ich schnell zu!
Denn da können wir uns unterstellen!
Rudi ist auch nicht besonders scharf darauf, nass zu werden!

Benjamin hält Rudi an der Leine, und ich fahre mit voller Kraft auf die kleine Hütte zu!
Die ersten Tropfen fallen, als wir sie endlich erreichen!
Bei jedem lauten Donnerschlag zucke ich zusammen!
„Hast du Angst vor Gewitter?", will Benjamin neugierig von mir wissen.
„Angst nicht direkt, aber die Lautstärke macht mir zu schaffen! Es hallt so stark, durch die Lage hier im Tal!", kläre ich ihm geduldig.
Er greift nach mir und zieht mich wieder eng an sich.
Dieses Mal hat meine Gänsehaut nichts mit dem Gewitter zu tun!

Benjamins Telefon klingelt.
Er meldet sich, hört zu und lacht anschließend.
„Nein, alles gut! Wir stehen hier trocken! Sobald es vorbei ist, kommen wir wieder!"
Er steckt sein Telefon wieder weg.
Dann zieht er mich wieder eng an sich!
Er vergräbt sein Gesicht an meinem Bauch.
Ich schaue ihn einfach nur an!
Er hebt seinen Blick und unsere Augen treffen sich!
Dann zieht er mich langsam immer näher zu sich herunter und küsst mich!
Erst zaghaft, dann immer intensiver!

Er zieht so stark an mir, dass ich mich auf seinen Schoß setzen muss, da ich sonst umfallen würde!

Seine Hand legt er an meine Wange und wir küssen uns wieder.

Atemlos lehne ich meinen Kopf auf seine Schulter.

Meine Gefühle fahren Achterbahn!

Seine Hand streicht mir unter meinem Top den Rücken rauf und runter!

Gänsehaut pur!

„Ist dir kalt?", flüstert er mir zu.

„Nein, das bist du!", gebe ich leise zurück.

Sein tiefes Lachen dröhnt leise an meinem Ohr.

Wir schauen uns wieder tief in die Augen und küssen uns wieder!

Ein heftiger Donnerschlag lässt mich zusammenzucken!

Benjamin lacht leise und streicht mir beruhigend über Arme und Rücken.

Wie auf Knopfdruck hört der Regen auf und die Sonne gewinnt wieder die Oberhand!

Erst einmal bleiben wir so sitzen, wie wir sind! Eng umschlungen, ich auf seinem Schoß sitzend!

„Sollen wir zurückgehen?", fragt Benjamin leise in mein Ohr.

Ich nicke nur.

„Die anderen warten bestimmt schon und machen sich Gedanken, ob es dir gut geht!", sage ich etwas enttäuscht.

Er zieht mich noch einmal zu einem Kuss fest an sich!

Ich habe gar keine Lust auf die anderen!

Hier ist es gerade so toll!

Doch die Vernunft siegt!

Seufzend stehe ich auf und Benjamin greift sich Rudis Leine.

Ich schiebe ihn den ganzen Weg zurück, da meine Hände dringend eine Beschäftigung brauchen!

Bei der Pizzeria angekommen, sitzen die Jungs schon wieder draußen an den Tischen.

Neugierig betrachten sie uns.

Daniel bekommt große,Augen, als er uns so vertraut miteinander sieht.

Linda lächelt mich warm an und zwinkert mir bedeutungsvoll zu.

Ich grinse zurück.

Die einzig freien Plätze befinden sich direkt neben Daniel und Linda.

Wir werden von allen besonders gründlich gemustert!

„Ihr habt tatsächlich was zum Unterstellen gefunden?", fragt Florian neugierig.

Benjamin betrachtet sich demonstrativ ganz langsam und streckt seine Arme weit von sich.

„Jepp! Trocken!", kommt es belustigt aus ihm heraus.

Alle kichern entspannt.

Es wird langsam dunkel! Doch keiner hat Lust, heimzugehen!

Bei Robin und Daniel siegt leider die Verantwortung!

„Leute, wir müssen morgen arbeiten! Lasst uns aufbrechen!", sagt er amüsiert in die Runde.

Er hat ja recht!

Benjamin greift nach meiner Hand und hält sie lange fest!

So lange, dass die anderen schon zu grinsen anfangen!

Ich traue mich nicht, ihm ein Küsschen auf die Wange zu drücken!

Wer weiß, ob es dabeigeblieben wäre!

Deshalb schaue ich ihm nur ganz tief in die Augen.

Ich verabschiede mich schnell und gehe mit Rudi und starkem Herzklopfen nach Hause!

Noch auf dem Heimweg läuft mir eine Gänsehaut über den Körper, als ich an unseren Kuss denke! Benjamin ist so sensibel und verletzlich!

Aber das, was er durchgemacht hat, auweia!

Ich möchte mir gar nicht vorstellen, wie es mir in seiner Situation ergangen wäre!

Am nächsten Morgen fühle ich mich wie auf Wolke sieben!
Das Gefühl begleitet mich den ganzen Tag hindurch!
Wie beschwipst rauscht die Arbeitswoche an mir vorbei!

Am Freitag bekomme ich eine Nachricht aufs Handy: *Wollen wir uns morgen um 16.00 Uhr in der Eisdiele treffen? Gruß, Benjamin.*
Ja! Ja! Ja! Rufe ich innerlich!
Er will mich wiedersehen!
Sogleich schreibe ich zurück: *Sehr gerne! Freu mich!*
Ich setze ein Smiley hinten an, bevor ich die Antwort wegschicke.
Ein Smiley und Daumen hoch kommt zurück.
Allein, dass Benjamin mich treffen will, lässt mich kaum schlafen!

Am Samstag mache ich mich rechtzeitig auf den Weg, um pünktlich an unserem Treffpunkt zu sein. Von Weitem sehe ich noch, wie Daniel und Linda sich von Benjamin verabschieden.
Dann haben die beiden ihn wohl hergebracht!
Wie toll sie sich um ihn kümmern!
Lächelnd gehe ich näher.
Er bemerkt mich und grinst mich liebevoll an.
Zur Begrüßung bekomme ich einen langen Kuss!
Rudi bekommt eine Streicheleinheit, bevor er unter dem Tisch verschwindet.
Die ganze Zeit über halten wir uns an der Hand!
Hier in der Eisdiele kann man in Flussnähe sitzen und es sich gemütlich machen.
Mit unseren großen Eisbechern haben wir viel Freude, da wir uns gegenseitig immer wieder von den verschiedenen Eissorten probieren lasen.
Wir haben sehr viel Spaß miteinander!
Wir reden über alles Mögliche und lachen sehr viel!
Doch nach drei Stunden werden wir leider gestört.

„So, ihr Turteltauben, Zeit, heimzugehen!", sagt Daniel lachend zu uns.

Erschrocken zucke ich zurück. Ich habe nicht mal bemerkt, dass sich uns jemand genähert hat! So vertieft war ich Benjamins Gegenwart versunken!

Das lässt Daniel noch mehr lachen!

„Sorry, Sophie, aber ich muss Benjamin wieder mitnehmen, sonst kommt er nicht nach Hause!", erklärt er mir humorvoll.

Benjamin zieht mich zu einem letzten innigen Kuss für heute zu sich.

Daniel steht neben uns und betrachtet uns ganz offen.

„Na, hast du gesehen, wie es geht?", fragt Benjamin belustigt seinen Bruder.

„Was hat Daniel gesehen?", fragt Linda auf einmal neben uns.

Teuflisch grinsend sieht Daniel Linda an.

Er schnappt sie sich, biegt sie nach hinten und küsst sie leidenschaftlich.

Lachend gehen die beiden auseinander.

Daniel hält seine Linda eng an sich gedrückt.

„Hast du gesehen? So geht das!", sagt er immer noch lachend zu seinem Bruder.

Linda zieht mich in eine feste Umarmung, bevor ich gehe.

Zu Hause tanze ich aufgedreht durch die Wohnung.

Rudi schaut mich dabei ganz verwundert an!

Das lässt mich lachend neben ihn auf den Boden plumpsen!

Rudi legt sich auf den Rücken und streckt mir seinen Bauch entgegen.

Das Bedeutet. Kraulen, bis die Hand abfällt!

Ich tu ihm den Gefallen!

Zum Dank werde ich von seiner Zunge sauber gemacht.

Das Streicheln und Kuscheln mit Rudi beruhigt mich.

So gehe ich entspannt ins Bett, bis mir mein inneres Kino im Kopf den Schlaf raubt!

Am nächsten Vormittag bekomme ich eine Nachricht auf mein Handy: *Vermisse dich!*

Mein Herz klopft schneller!

Ich tippe: *Vermisse dich auch! War schön gestern!*
Nach ein paar Minuten: *Ich werde morgen wieder mit dem Reha-sport anfangen.*
Meine Antwort: *Das ist toll! Ich freue mich für dich!*
Er antwortet: *Das ist dein Verdienst!*
Ich: *Das machst du alles für dich! Nicht für mich!*
Benjamin: *Du warst der Anstoß! Du hast mich aus meinem Tief ge-holt! Und natürlich Rudi!*
Ich: *Wir stehen dir jederzeit zur Seite!*
Benjamin: *Danke für alles!*
Ich: *Viel Spaß morgen! Du schaffst das!*
Glücklich lege ich mein Handy weg.
Mit Rudi mache ich einen langen schönen Spaziergang.

In der kommenden Woche höre ich nichts von Benjamin!
Er ist wohl mir seinem Rehasport gut beschäftigt!
Vielleicht schafft er es doch noch, wieder auf eigenen Beinen zu stehen!

Am Freitag kommt dann endlich eine Nachricht: *Vermisse dich!*
Bin völlig k.o.! Wenn du willst, dann komm mich besuchen! Anders wird es leider schwierig.
Ich: *Gerne! Ich brauche nur deine Adresse!*
Benjamin: *Schicke ich dir gleich!*
Ich hole Stift und Zettel und schreibe seine Adresse auf.
Ich: *Wann soll ich kommen?*
Benjamin: *Wann hast du ausgeschlafen?*
Ich: *Um sieben Uhr bin ich wach!*
Benjamin: *Uh! Etwas bald? Wie wäre es mit elf Uhr?*
Ich: *Klasse! Komme! Bis morgen dann!*

Am nächsten Tag gehe ich mit Rudi am frühen Morgen eine große Runde Gassi.
Dann ist er müde und ich kann ihn unbesorgt zu Hause lassen!

Benjamin wohnt im Nachbarort.
Da fahre ich mit meinem Auto hin!
Dann bin ich schneller!
Mit meinem selbst gebackenen Kuchen mache ich mich aufgeregt auf den Weg!

Benjamin wohnt am Stadtrand, in unmittelbarer Nähe der Felder.
Direkt vor seinem Haus bekomme ich einen Parkplatz.
Das kleine Einfamilienhaus sieht nett aus!
Schön gepflegter Garten, einen sauberen Hauszugang mit Blumen vor der Türe.
Alles strömt Wohlfühlatmosphäre aus!
Etwas zittrig klingle ich an der Türe.
Es dauert etwas, bis die Türe aufgeht.
Doch dann sitzt Benjamin vor mir und strahlt mich glücklich an!
Er streckt mir seine Hand entgegen.
Ich ergreife sie und er zieht mich sanft zu sich, um mich zu küssen!
„Sollen wir reingehen?", frage ich lachend an seinen Lippen.
Er verzieht das Gesicht, als hätte er vergessen, dass wir noch vor der Haustüre stehen.
„Wo kann ich den Kuchen abstellen?", frage ich ihn als er mich ins Haus bittet.
Er zieht die Augenbrauen hoch.
„Hm, Kuchen, lecker! Komm mit!"

Ich mache hinter mir die Türe zu und folge ihm durch die nächste Türe.
Wir stehen in einem offenen Wohnbereich.
Die Küchenzeile ist mit dem Esstisch optisch abgegrenzt.
Dorthin steuere ich zu.
„Kaffee?", fragt er mich neugierig.
„Ja, gerne! Mit Milch und Zucker bitte, wenn du hast!", antworte ich fröhlich.
„Dann bist du eine Süße?", fragt er mich schmunzelnd.
Ich schaue ihm tief in seine wunderschönen blauen Augen. Ich kann gar nicht genug davon bekommen!

Der Kuchen steht schon auf dem Tisch.
Ich gehe ganz nah zu ihm und küsse ihn sanft.
„Eine ganz Süße!", erkläre ich zwischen meinen Küssen.
„Mach so weiter, und wir kommen nicht zum Kuchenessen!",
sagt er sanft, während seine Hände auf Wanderschaft gehen.
Ich grinse ihn frech an und steh wieder aufrecht.
„Also, wo bleibt mein Kaffee?", frage ich gespielt hochnäsig.

Er gibt mir einen Klaps auf den Hintern und rollt in die Küche.
Ich erkenne, dass die Arbeitsfläche recht hoch ist und er Schwie-
rigkeiten bekommen wird, an die Kaffeemaschine zu kommen.
Ich gehe hinterher und will gerade meine Hilfe anbieten, als er
mir energisch abwinkt.
Er stellt seine Bremse fest und rutscht auf seiner Sitzfläche nach vorne.
Gespannt schaue ich zu!
Er stützt sich an der Arbeitsfläche ab, zieht sich hoch und – steht!
Er steht tatsächlich!

Vor Glück kommen mir die Tränen.
Er hantiert hastig an der Kaffeemaschine und setzt sich schnell
wieder hin.
Von hinten umarme ich ihn.
Er tätschelt meine Hand und schnauft angestrengt: „Geht leider
nur für kurze Zeit!"
„Aber du bist gestanden! Du kannst es!", sage ich euphorisch.
Ich küsse ihn auf die Wange.
„Wo hast du denn Teller und ein Messer für den Kuchen?", fra-
ge ich Benjamin ablenkend.
Er deutet auf die verschiedenen Schränke.
Zum Kühlschrank rollt er selber und holt die Milch heraus.
Ich schneide den Kuchen auf und lege die Stücke auf die Teller.
Den fertigen Kaffee hole ich, da es Benjamin sehr angestrengt
hat zu stehen!

Etwas ungemütlich ist es, weil der Tisch für Benjamins Rollstuhl etwas zu hoch ist!

„Ich glaube, jetzt versteh ich, was dich nervt! Man wird ja ständig daran erinnert, was alles nicht geht!", sage ich ernsthaft.
Er greift nach meiner Hand.
„Am Anfang war es die Hölle! Aber du hast mir gezeigt, dass es auch anders geht!", erklärt er mir emotional.
„Du hast wundervolle Freunde! Lass zu, dass sie dir helfen! Es ist deine Einstellung, die etwas verändern kann!", sage ich leise.
Ihm rinnt eine Träne über die Wange.
Ich setze mich ihm auf den Schoß und küsse ihn leidenschaftlich!
Meine Stirn lege ich an seine.
„Es ist jetzt wahrscheinlich ein Stimmungskiller, aber warum ist Jennifer nicht hier?", frage ich neugierig.
Er atmet tief durch.
„Schon gut! Sie ist nicht damit klargekommen, dass ich im Rollstuhl sitze, und alles nicht mehr kann, was vorher möglich war! Sie ist ein Lebemensch und ich ihr Klotz am Bein! Deshalb ist unsere Beziehung gescheitert!"
Er lehnt sich wieder fest an mich.
Ich streiche ihm sanft über den Rücken.
„Dann ist sie es nicht wert, deine Freundin zu sein!", sage ich ernst und blicke ihm tief in die Augen.
Er schaut mich bedeutungsvoll an.
Dann küssen wir uns stürmisch und wandern mit den Händen unter das Shirt des anderen.
Schwer atmend halten wir uns fest.
„Dein Freund ist ja schwer aktiv!", flüstere ich erheitert und rutsche provokativ über seinen Schoß. Er stöhnt gequält auf.
„Du Hexe! Ja, er hat Gefühle, stell dir vor!", sagt er schwer atmend.
„Kannst du dich auf das Sofa setzen?", flüstere ich ihm zu.
Er rollt uns zusammen zum Sofa.
Ich gehe schnell von ihm runter.
Er stemmt sich mit den Armen hoch und rutscht schnell auf das Sofa.
Den Rollstuhl schiebe ich etwas etwas weg und setze mich breitbeinig auf seinen Schoß.

Wir küssen uns stürmisch und Benjamin zieht mir mein Shirt über den Kopf.

Die Haken vom BH sind schnell offen und folgt dem Shirt auf den Boden.

Sein Shirt ist auch schnell ausgezogen!

Bewundernd streiche ich ihm über seine ausgeprägten Bauchmuskeln.

Er hat immer noch einen Wahnsinnskörper, obwohl er schon fast zwei Monate im Rollstuhl sitzt!

Ich stehe auf und entledige mich meiner Hose.

Benjamin legt sich hin und ich helfe ihm, seine Hose loszuwerden!

Ich greife lustvoll nach seinem kleinen Freund und sage ausgiebig „Hallo".

Er stöhnt laut auf und revanchiert sich ordentlich!

Mein Denken stellt sich ein, weil meine Gefühle mich überrollen!

Erschöpft aber zutiefst zufrieden komme ich auf ihm liegend wieder zu mir.

Ich betrachte seinen wunderschönen Körper.

Er sieht mich genauso begehrend an wie ich ihn!

Wir kuscheln noch ausgiebig, bevor wir unsere Klamotten wieder zusammensuchen.

Denn später muss ich ja wieder nach Hause zu Rudi!

Wir sitzen noch lange zusammengekuschelt auf dem Sofa und unterhalten uns.

„Es gibt eine Rehaklinik, die auf meine Symptome spezielle Anwendungen macht. Sie ist aber hoch oben in Norddeutschland. Drei Wochen wäre ich mindestens weg!", erzählt er mir zerknirscht.

„Aber wenn es dir hilft, dann mach es!", sage ich ernst.

„Das ist deine Chance! Und wenn du dein Ladekabel nicht vergisst, können wir uns täglich Nachrichten senden!", erkläre ich euphorisch.

Er lacht herzhaft.

„Meinst du, du hältst es ohne mich aus?", fragt er foppend.

Ich schaue ihn intensiv an und nehme sein Gesicht zwischen meine Hände.

„Lass die Chance nicht ungenutzt! Und wer weiß, vielleicht kommst du ohne Rollstuhl wieder zurück!", erkläre ich ernst.

Leidenschaftlich küsse ich ihn!

Wir haben noch zwei Wochen, bevor er in die Reha geht!

Diese Zeit nutzen wir, so gut es geht!

Wir treffen uns im Kaffee, in der Pizzeria oder bei ihm zu Hause.

Da sind wir ungestört und können Liebe machen, wie wir wollen!

Bei Auswärtstreffen ist meist einer der Jungs mit dabei!

Mittlerweile haben sich alle an den Anblick gewöhnt, dass wir die Finger nicht voneinander lasen können!

Ab und zu bekommen wir Blödelkommentare von ihnen, aber die ignorieren wir und genießen die Nähe des anderen!

Rudi ist so oft es geht mit dabei!

Er liebt Benjamin fast genauso wie ich!

Morgen fährt Daniel seinen Bruder in die Reha!

Dafür hat er sich zwei Tage freigenommen, weil der Weg so weit ist!

Mit Linda habe ich ausgemacht, dass wir uns mittags treffen und die Zeit zusammen totschlagen. Oh Gott!

Ich vermisse ihn jetzt schon!

Aber ich würde es nie verhindern, dass er diese Chance wahrnimmt und durchzieht!

Zum Abschied küssen wir uns noch lange!

„Er kommt ja wieder! Ihr könnt jetzt aufhören!", sagt Daniel sichtlich amüsiert.

Benjamin zeigt ihm den Stinkefinger, den ich versuche, schnell einzufangen!

„Pass auf, sonst bekommst du Ärger wegen öffentlichen Danebenbenehmens!", flüstere ich extra laut.

Daniel lacht herzhaft auf.

„Das heißt zwar anders, hört sich aber auch gut an! Na los, ihr zwei, wir müssen noch packen!"

Schweren Herzens verabschiede ich mich und gehe mit Rudi schwermütig nach Hause.

Am Abend schicke ich ihm eine Nachricht, wo ich ihm gute Fahrt und gutes Ankommen wünsche. Herzsmileys und eine Träne bekomme ich zur Antwort.
Ein lächelndes Smiley und Daumen hoch schicke ich zurück.

Die erste Woche war furchtbar!
Zu wissen, man kann sich eben mal nicht sehen oder treffen!
Wir schicken uns regelmäßig Nachrichten und telefonieren, wenn wir können!

Am darauffolgenden Donnerstag benimmt sich Rudi komisch, als ich von der Arbeit nach Hause komme!
Es ist sehr schlapp, ich bekomme keine Begrüßung und er will kein Leckerli!
Beim Fiebermessen stelle ich fest, dass er vierzig Komma drei Fieber hat!
Mit Blick auf die Uhr greife ich zum Telefon und rufe in der Tierklinik an!
Mit dem Telefon in der Hand tipple ich unruhig von einem Bein auf das andere!
Ich soll sofort kommen, wird mir gesagt!
Mit Müh und Not bekomme ich den schweren Hund ins Auto!
Zittrig wie ich bin, würde ich gerne aufs Autofahren verzichten!
Aber es geht um Rudi!
Also reiße ich mich zusammen!
In circa zwanzig Minuten kann ich da sein!

Bei der Tierklinik brauche ich Hilfe, weil Rudi schon so schwach ist, dass er nicht mehr laufen kann!
Er hechelt extrem und blickt total abwesend!
Meine Tränen lassen sich jetzt schon kaum mehr zurückhalten!
Ich habe ein ganz mieses Gefühl!!

Die Ärztin fragt mich gleich nach den Symptomen, wann es begonnen hat, ob mir sonst noch etwas aufgefallen wäre.
Sie nimmt eine Blutprobe, misst noch einmal Fieber und macht eine Röntgenaufnahme.
Er hat Rasierklingen im Hals und Magen stecken!
Man sieht es deutlich auf dem Röntgenbild!
Dazu geht es ihm von Minute zu Minute immer schlechter!
Ich fordere die Tierärztin unter Tränen auf, ihn nicht leiden zu lassen und ihn sofort einzuschläfern!
„Das wäre auch mein Vorschlag gewesen!", erklärt mir die Ärztin so neutral wie möglich.
„Vermutlich ist noch Gift mit dabei! Und so schwach, wie er jetzt schon ist, stehen seine Überlebenschancen sehr schlecht, auch wenn wir sofort eine Notoperation vornehmen würden!"
Sie richtet alles zügig her, was sie braucht, und schickt ihn schmerzfrei über die Regenbogenbrücke!

Am Boden zerstört, Sichtweite fast null vor lauter Tränen, trete ich den Rückweg an.
Von Weinkrämpfen geschüttelt kann ich kaum noch fahren!
Zu Hause breche ich zusammen und weine, bis ich nicht mehr kann!

Für die kommende Woche melde ich mich auf der Arbeit krank!

Ich falle in ein tiefes Loch!

Ich glaube es ist Sonntag, als es an meiner Türe klingelt.
Ich ignoriere es einfach!
Doch das Klingeln hört einfach nicht auf!
Erschöpft stemme ich mich hoch und öffne die Haustüre.
Daniel steht davor und schaut total entsetzt, als er mich so sieht!
Er zieht mich in seine Arme und Weinkrämpfe schütteln erneut meinen Körper!

„Was ist denn los?", fragt er mich immer wieder.
Doch eine Antwort kann ich ihm nicht geben! Ich finde keine Worte!
Er greift nach seinem Telefon.
Was er redet beachte ich nicht.
Eine halbe Stunde später klingelt es wieder an meiner Türe.
Daniel lässt Linda herein.
Zusammen setzen sie mich auf das Sofa.
Linda öffnet erst mal die Fenster, um zu lüften und macht mir anschließend einen Tee.
Völlig erschöpft schlafe ich irgendwann ein!
„Wo ist Rudi?", höre ich Linda noch leise fragen.

Als ich wieder aufwache, sitzt Linda bei mir.
Sie reicht mir eine Suppe, die sie in eine Tasse umgefüllt hat.
Schluckweise versuche ich, es bei mir zu behalten!
„Kannst du mir jetzt erzählen, was los ist?", fragt sie mich unsicher.
Ich werfe ihr ein paar Wörter um die Ohren.
Ganze Sätze bekomme ich nicht heraus!
Zusammenfassend fragt sie: „Habe ich das richtig verstanden? Rudi hat einen Giftköder gefressen und musste eingeschläfert werden?"
Ich kann nur verheult nicken.
Sie nimmt mich tröstend in die Arme.
Als ich mich etwas beruhigt habe, steckt sie mich unter die Dusche und dann ins Bett.
Unruhig wälze ich mich hin und her!

Als ich wieder wach bin, fragt sie mich, ob ich Benjamin anrufen möchte.
Er würde sich große Sorgen machen, weil ich die letzten Tage nicht ans Telefon gegangen bin!
Er ist wohl kurz davor, seine Reha abzubrechen!
Ich gebe ihr zu verstehen, dass sie ihm Bescheid geben soll.
Ich finde jetzt nicht die Kraft zu erklären, was passiert ist!

Ohne jedes Zeitgefühl vergehen die Tage!

Nach einer Woche kann ich mich einigermaßen zusammenreißen!

Daniel erzählt mir, dass er eine Anzeige auf den Weg gebracht hat, und sich um meine Krankmeldung gekümmert hat!

Dankbar falle ich ihm um den Hals und weine schon wieder!

„Hast du überhaupt noch welche?", versucht er mich aufzumuntern und wischt dabei meine Tränen weg.

Linda drückt mir unerbittlich Essen in die Hand.

Als sie sehen, dass es mir einigermaßen gut geht, verabschieden sich die zwei und lassen mich alleine!

Ich gehe durch meine Wohnung.

Ständig habe ich das Gefühl, Rudi kommt jeden Moment um die Ecke!

Traurig sammle ich alles ein, was mich an ihn erinnert. Ich packe alles in eine große Kiste und verstaue sie im Keller.

Einer von vielen Anrufen auf dem Anrufbeantworter ist das Tierkrematorium. Rudi sei abholbereit. Ich rufe zurück und frage, ob sie ihn mir zukommen lassen können.

Das kostet zwar etwas mehr, aber in meinem Zustand kann ich nicht Auto fahren!

Am gleichen Abend rechne ich durch, wie viel mich Rudi das alles gekostet hat. Da muss ich in nächster Zeit den Gürtel ganz schön eng schnallen!

Übermorgen muss ich wieder arbeiten.

Also versuche ich mich zu beruhigen und vorzubereiten.

Dann nehme ich mir mein Handy vor! Die ersten fünf Nachrichten höre ich noch ab.

Doch dann lösche ich alle auf einmal!

Ich tippe Benjamin eine Nachricht, dass ich noch nicht in der Lage bin, Gespräche zu führen, mir es aber etwas besser geht!

Keine Stunde später kommt die Antwort: *Ich bin in fünf Tagen wieder da! Oder soll ich früher kommen? Halt die Ohren steif! Ich liebe dich!*

Zärtlich streiche ich über die Nachricht.

Am nächsten Morgen nehme ich noch eine Beruhigungstablette, bevor ich zur Arbeit gehe.
Den Tag spule ich einfach routiniert ab!
Ein paar Kolleginnen schauen mich besorgt an!
So wie ich aussehe, hat niemand Zweifel, dass ich krank war!
Drei Kilogramm weniger habe ich auch auf den Rippen!

Am Abend kommt Daniel kurz vorbei, um nach mir zu sehen!
Am nächsten Tag steht Linda schon nachmittags da, und drängt mich, mit ihr in die Stadt bummeln zu gehen! Sie möchte wohl ein Ablenkungsmanöver starten!
Zufällig oder nicht, laufen wir Robin in die Arme!
Wortlos zieht er mich in eine feste Umarmung!
Den Arm weiter um mich gelegt, wie um mich zu stützen, schlendern wir durch die Stadt.
Auf einmal bleibt er stehen und fixiert eine Gruppe von fünf Frauen.
Sie machen sich gegenseitig auf uns aufmerksam!
Eine der Frauen kommt langsam näher.
Ihr Blick ist starr auf uns gerichtet.
Ihre Lippen zusammengekniffen und die Hand zur Faust geballt.
Linda geht ihr freudig entgegen!
Sie begrüßen sich mit einer freundlichen Umarmung!
Seit der Begrüßung von Linda schaut die andere Frau nicht mehr ganz so verstimmt!
Robin streckt ihr seine Hand entgegen, die sie energisch ergreift.
„Annika, das ist Sophie. Sophie, das ist Annika meine Lebensgefährtin!", erklärt er mir mit schmachtendem Blick zu Annika.
Wir geben uns die Hand.
„Freut mich, dich kennenzulernen!", sage ich leise zu ihr und kann ihr dabei kaum in die Augen schauen.
Skeptisch zieht sie ihre Augenbrauen zusammen, da ich immer noch in Robins Arm hänge.
Robin zieht sie eng an sich und gibt ihr demonstrativ einen Kuss!
Ich löse mich mit einem blöden Gefühl im Bauch von ihm.

Unsicher schlinge ich meine Arme um mich.
Linda hakt sich bei mir ein und steuert Richtung Pizzeria.
Kurz vor dem Eingang bleibe ich stehen und schüttle meinen Kopf.
Tränen stehen in meinen Augen und ich gehe rückwärts.
„Ich kann das nicht!", sage ich leise.
Linda will einen weiteren Schritt auf mich zu machen.
Doch ich schüttle vehement den Kopf, drehe auf dem Absatz um und eile nach Hause!
Die betretenen Blicke bekomme ich nicht mehr mit!

Zu Hause falle ich erst mal wieder in ein Loch!
Es war ja gut gemeint gewesen!
Sie wollten mich nur aufmuntern und ablenken!
Doch ich bin noch nicht so weit!

Am nächsten Morgen winke ich meiner Vermieterin zu, die am Fenster steht, als ich mittags in den Wald verschwinde, um einen Spaziergang zu machen.
Überall werde ich an Rudi erinnert!
Hier hat er sich das erste Mal richtig gut abrufen lassen!
Dort ist die Stelle, wo er im Winter bei Schnee ungestüm durchgerast ist!
Ständig habe ich das Gefühl, er läuft neben mir und schaut mich mit seinen warmen braunen Augen an!
An jeder Ecke strömen Erinnerungen auf mich ein und ich kann meine Tränen nicht mehr zurückhalten!
Fast blind gehe ich weiter. Immer weiter!

Auf einem abgelegenen kleinen Trampelpfad breche ich erschöpft zusammen!
Ich sitze auf dem Boden, die Arme um mich geschlungen, den Kopf auf die Knie gelegt und wippe vor und zurück.
Vor Erschöpfung bleibe ich so sitzen, mein Denken schaltet sich aus!
Es wird dunkel, doch ich kann mich nicht aufraffen!
Ich habe keine Kraft mehr!

Spät in der Nacht, oder ist es schon wieder Morgen, rüttelt jemand an mir!
Ich bringe meine müden Augen nicht auf!
Doch dafür funktionieren meine Ohren einigermaßen!
„Hallo, können Sie mich hören?", fragt jemand und rüttelt immer noch an mir herum.
„Ich habe sie gefunden! Sie ist aber nicht ansprechbar!"
Sein Funkgerät knistert.
„Wo bist du?", fragt jemand zurück.
Er erklärt unseren Standpunkt.
„Bin gleich bei euch!", sagt die andere Stimme wieder.

Wenig später sagt die andere Stimme nun ganz nah: „Mensch, Sophie, was machst du denn?"
Die Stimme kenne ich doch!
Mit aller Gewalt versuche ich meine Augen zu öffnen!
„Schon gut! Ich nehme dich jetzt mit!", beruhigt mich diese vertraute Stimme.
Vorsichtig heben mich zwei starke Arme auf!
Mein Kopf fällt schwer auf seine Schulter.
„Sollen wir nicht lieber auf den Arzt warten?", fragt die erste Stimme wieder.
„Sie muss so schnell wie möglich hier weg!", antwortet die mir bekannte Stimme.
Doch ich komme einfach nicht auf seinen Namen!
Die Wärme, die sein Körper abstrahlt, lässt mich noch mehr zittern!
„Was ist mit ihr?", fragt die erste Stimme unruhig.
„Sie ist unterkühlt und erschöpft. Wahrscheinlich hat sie auch lange nichts mehr gegessen!", erklärt die mir bekannte Stimme.
Noch mehr Stimmen dringen an mein Ohr.
Mein Körper wiegt sich in Sicherheit und schaltet komplett auf Stand-by!

Langsam komme ich wieder zu mir.
Mir ist warm und ich liege weich!

Meine Hand wird von einer anderen warmen Hand gehalten!

Ich versuche meine Augen aufzumachen.

Doch es will mir nicht so recht gelingen!

„Mach langsam, Sophie! Es ist alles gut!", dringt eine sanfte tiefe Stimme an mein Ohr.

Seine Hände streichen mir über die Arme und er gibt mir einen Kuss auf die Stirn.

Benjamin!

Meine Augen gehen auf und blicken in zwei wunderschöne blaue Augen, die mich besorgt mustern. Eine Träne rollt mir über die Wange.

Er wischt sie vorsichtig weg und küsst mich sanft auf den Mund.

Erschöpft fallen mir immer wieder die Augen zu!

„Ruh dich aus, Sophie! Ich bleibe bei dir!", höre ich noch, bevor ich wieder wegdrifte.

Als ich wieder zu mir komme, kann ich meine Augen schon leichter aufmachen.

Die Schwester steht bei mir und legt mir einen neuen Tropf an.

„Geht's etwas besser?", fragt sie mich freundlich.

„Ja, danke!", krächze ich mit meiner rauen Stimme.

Sie nickt mir zu und verschwindet leise wieder.

Ich nehme mein Zimmer genauer in Augenschein.

Ich liege alleine in einem Doppelbettzimmer.

Die Wände sind hell gestrichen.

Das Fenster zeigt in Richtung eines Innenhofes.

Über mir hängt der Drücker für die Schwester, falls ich sie brauche.

Durch eine Nadel in meinem Arm fließt die Flüssigkeit aus der Infusion.

Ansonsten habe ich noch einen Klipper am Finger, der meinen Puls misst.

Ich wackle mit den Zehen und versuche meine Beine zu bewegen!

Es geht, aber sie fühlen sich sehr schwer und müde an!

Meinen Armen geht es genauso!

Durch meinen Kopf rasen sehr viele Gedanken!

Wie bin ich hergekommen?

Was ist passiert?

Ein Frösteln durchzieht mich, als Erinnerungsfetzen nach und nach auftauchen.

Die Türe geht auf und ein Arzt tritt herein.

„Hallo, Frau Winkler, schön dass Sie wieder wach sind! Geht es Ihnen gut?"

Neugierig betrachtet er mich.

„Warum bin ich hier?", frage ich leise.

Er räuspert sich auffällig.

„Man hat Sie im Wald gefunden! Sie waren unterkühlt und stark geschwächt!", erklärt er mir ernst.

„Wer hat mich gefunden?", frage ich immer noch leise.

„Die Polizei und einige vom Militär waren an Ihrer Suche involviert! Ein Suchhund wurde auch angefordert! Der Hubschrauber konnte Sie auffinden!", antwortet er mir und beobachtet mich dabei scharf.

„Wollten Sie einen Suizid machen, Frau Winkler?", fragt er mich noch.

Entsetzt reiße ich die Augen auf.

„Wie bitte?", rutscht es erschrocken aus mir heraus.

„Ich muss Sie das fragen, weil alles danach ausgesehen hat! Sie werden heute noch Besuch von einer Psychologin erhalten, die eine Einschätzung vornehmen wird!", klärt mich auf.

Sprachlos schaue ich ihn an.

Er verabschiedet sich und lässt mich mit meinen Gedanken alleine.

Meine Gedanken fahren Achterbahn!

Was soll ich hier? Warum machen die das?

Ich war doch nur sehr traurig wegen Rudi!

Ich bin es immer noch!

Und schon wieder laufen meine Tränen über.

So trifft mich die Psychologin an.

Sie stellt mir viele Fragen, über die ich nur den Kopf schütteln kann!

Sie nervt mich nach fünf Minuten so sehr, dass sie überhaupt keine Antworten oder Reaktionen mehr von mir bekommt!

Ich mache dicht!

Das war wohl ein Riesenfehler!

Denn ihr letzter Satz ist: „Ich werde veranlassen, dass Sie in eine geschlossene Psychiatrie eingewiesen werden!"

Sie rauscht aus dem Zimmer und lässt mich einfach so zurück!

Später am Mittag bekomme ich Besuch.

Daniel und Robin stecken ihre Köpfe zu mir ins Zimmer.

Ein leichtes Lächeln huscht mir über das Gesicht.

Die zwei begrüßen mich und fragen, wie es mir geht.

Benjamin entschuldigen sie, da er in Therapie ist.

Ich zucke nur mit der Schulter auf ihre Frage.

Die Psychologin hat mir einen schweren Schlag versetzt!

Die beiden schauen sich besorgt an.

Robin greift nach meiner Hand und hält sie fest.

Daniel greift nach meiner anderen.

Ich klammere mich einfach nur an die beiden!

So finden uns der Arzt und die Psychologin vor.

Daniel macht sich von mir los. Doch an Robin klammere ich mich voller Verzweiflung, dass er mich ja nicht loslässt!

Unsicher schaut er mich an und streicht mir beruhigend über den Kopf.

„Wir kommen gleich wieder!", sagt er sanft.

Doch ich schüttle vehement meinen Kopf.

„Bitte bleib!", flüstere ich eindringlich.

Der Arzt schaut skeptisch.

Angespannt setzt sich Robin wieder auf seinen Stuhl und hält weiterhin meine Hand. Skeptisch blickt er alle nacheinander an.

Das verunsichert den Doktor etwas!

„Nun ja", fängt dieser leicht verärgert an. „Wir haben einen Platz in einer Klinik hier in der Nähe gefunden! Morgen Nachmittag werden Sie abgeholt und übergeben!"

Die Psychologin nickt eifrig.

„Warum soll sie in eine andere Klinik eingewiesen werden?", mischt sich nun Robin in das Gespräch mit ein.

Mein Händedruck wird etwas lockerer, da ich merke, dass er mich nicht alleine lässt.

Die Psychologin ereifert sich: „Sie zeigt alle Symptome für einen Suizid und verweigert jegliche Zusammenarbeit und jedes Gespräch! Deshalb finde ich es am besten, sie einweisen zu lassen, damit sie professionelle Hilfe bekommt!"

Robin zieht die Augenbrauen hoch.

„Verstehe ich das richtig, dass Sie sie einweisen wollen, weil Sophie nicht mit Ihnen redet?", fragt er ungläubig zurück.

Die Psychologin nickt eifrig.

„Ja! Und ihren Ausflug in den Wald sagt doch alles!", begründet sie eifrig ihre Aussage weiter.

„Ich glaube eher, dass Sie keine Ahnung haben, welche Hintergründe Sophie hat! Jetzt reimen Sie sich etwas zusammen und wollen sie einweisen lassen?"

Sauer betrachtet er die Frau.

Die dreht sich empört um und rauscht aus dem Zimmer.

Der Doktor meint: „Es bleibt dabei!"

Dann dreht auch er sich um und verlässt den Raum.

Mitleidig schaut mich Robin an.

„Danke, dass du mich gefunden hast!", sage ich betreten.

„Du kannst dich erinnern?", fragt er zurück.

„Ja!", erwidere ich unsicher.

„Warum warst du so spät noch im Wald?", fragt er weiter und betrachtet mich eingehend.

Daniel hält sich im Hintergrund und schaut aufmerksam zu.

„Ich war so müde und konnte nicht mehr!", antworte ich betreten.

„Dann ist an der Aussage der Psychologin nichts dran?", fragt er weiter.

Ich schüttle vehement den Kopf.

„Nein!"

Er greift nach seinem Telefon.

„Annika, hast du Zeit zu Sophie ins Krankenhaus zu kommen? Wir haben ein Problem!"

In kurzen Sätzen erklärt er ihr, was los ist.

Daniel verabschiedet sich.

„Ich muss weg, komme aber später noch einmal!"

Robin bleibt die ganze Zeit bei mir, bis Annika eintrifft.

Während dieser Zeit reden wir über alles Mögliche.

Annika nimmt mich erst mal in den Arm, als sie ankommt. Das tut gut!

„Ich habe über eine Lösung aus dem Dilemma gesucht und nur eine gefunden: Einer von uns muss sich bereit erklären, dich aufzunehmen und auf eine bestimmte Zeit dein Vormund sein!", erklärt sie sichtlich unruhig.

„Warten wir erst mal, bis Daniel und Benjamin hier sind!", sagt sie, um mir etwas Mut zu machen.

Robin und Annika wälzen ihre Argumente hin und her.

Daniel und Benjamin kommen herein.

Benjamin steuert gleich auf mich zu und umarmt mich, hält meine Hand fest.

Besorgt betrachtet er mich.

Daniel und Benjamin werden auf den neuesten Stand gebracht.

„Es steht Aussage gegen Aussage! Deshalb ist die Vormundschaft ausschlaggebend!", erklärt uns Annika.

„Könntest du dich mit dem Gedanken anfreunden?", fragt sie mich auffordernd Stellung zu beziehen.

„Wer soll denn mein Vormund sein?", frage ich unsicher.

„Das kann einer von uns vieren machen. Wir haben alle einen Dienstgrad, wo es keine Probleme geben sollte! Nur von Benjamin würde ich dir abraten, weil ihr eine Beziehung führt! Das könnte negativ ausgelegt werden!", erklärt sie mir.

Sie erzählt genau, wie die Prozedur abläuft, und dass ich mir keine Sorgen machen soll.

„Könnte sie in der Zeit bei mir wohnen?", fragt Benjamin in die Runde.

„Ich bin der Vormund und du hast sie an der Backe?", fragt Robin neckend.

Das zaubert uns allen ein Lächeln ins Gesicht.

„Das würdet ihr für mich tun?", frage ich tränenreich.

Benjamin wischt mir die Tränen weg und küsst mich sanft.
„Bist du damit einverstanden?", fragt er weich.
Ich kann nur nicken.
Annika steht auf und klatscht in die Hände.
„Ich mache alle Unterlagen fertig! Morgen früh komme ich wieder und kläre alles mit dem Arzt! Dann nehme ich dich mit!",
erklärt sie uns ihr Vorhaben.
Vor Glück laufen mir schon wieder ein paar Tränen!

Zum Abschied bekomme ich von Benjamin einen langen Kuss.
Erst als er aus dem Zimmer ist, bemerke ich, dass er keinen Rollstuhl dabeihatte!

In der Nacht kann ich kaum schlafen!
Ich bin so aufgeregt, ob auch alles gut klappen wird!
Deshalb bin ich am nächsten Morgen sehr müde!

Annika hält ihr versprechen!
Um zehn Uhr kommt sie in mein Zimmer mit den Entlassungspapieren!
Sie hilft mir beim Anziehen und schon sind wir weg!
Im Auto frage ich: „Wie hast du das alles so schnell hinbekommen?"
Neugierig schaue ich sie an.
Sie grinst und meint: „Mein Geheimnis! Kann ich dir leider nicht verraten, sonst müsste ich dich von der Bildfläche verschwinden lassen!"
Wir schauen uns an und prusten los vor lauter Lachen!
Wann habe ich das letzte Mal so gelacht? Tut gut!

Sie fährt zu Benjamin nach Hause.
Da werden wir mit einem gut gedeckten Frühstückstisch überrascht!
Annika erklärt mir noch einmal, dass Robin für vier Wochen mein Vormund ist.

Wenn es keine Auffälligkeiten meinerseits gibt, bin ich danach wieder mein eigener Herr!
Benjamin darf mich auch mit überwachen.
Arbeiten gehe ich erst in einer Woche wieder.
Nach dem Frühstück verschwindet Annika, um wieder ihrer Arbeit nachzugehen.
Dann sage ich zu Benjamin: „Ich brauche erst mal eine Dusche!"

Annika ist ein Schatz!
Sie hat sogar daran gedacht, ein paar Klamotten aus meiner Wohnung zu holen!
Nach dem Duschen kuschle ich mich mit Benjamin auf dem Sofa.
„Du hast tolle Fortschritte gemacht!", sage ich stolz zu ihm.
„Ja, es war sehr anstrengend! Ich bin noch schnell müde, aber es wird besser!", antwortet er mir leise an meinem Ohr.
„Müssen wir an einer Ausdauer arbeiten?", frage ich ihn zwischen meinen Küssen.
Er lächelt nur und zieht mich vom Sofa hoch.
Er schnappt mich und rückwärts lasse ich mich mit vielen Küssen in sein Schlafzimmer führen.

Die Woche ist geprägt von Benjamins Rehamaßnahmen, bei denen ich ihn begleite!
Lange Stehen geht noch nicht.
Langsam Laufen geht, aber nach fünf bis zehn Minuten braucht er eine Pause!
Die ganzen Muskeln müssen sich erst wieder an die Belastung gewöhnen!

Zu Hause müssen wir auch Übungen machen, und bauen diese immer wieder zwischendurch mit ein.

Langsam werde ich wieder fröhlicher!

Doch wenn ich in meine Wohnung gehe, um frische Klamotten zu holen, überkommt mich wieder die Traurigkeit!
Aber ich kann es jetzt besser aushalten!
Benjamin gibt mir die Kraft und Unterstützung das durchzustehen!

Meine Vermieterin freut sich jedes Mal, wenn sie mich sieht.
Dann sagt sie mir, wie toll ich aussehen würde.

Bei der Arbeit tu ich mir noch schwer!
Doch Tag für Tag wird es besser!

Die Jungs und Annika und Linda wechseln sich ab, uns zu besuchen, Zeit miteinander zu verbringen, uns weiter aufzumuntern und ins Leben zurückzuholen!
Mit Benjamin an meiner Seite werde ich lockerer und weiß ihn als Sicherheit immer hinter mir!

Auch Benjamin macht erstaunliche Fortschritte!
Mittlerweile gehen wir sogar kurze Spaziergänge!
Wenn uns ein Hund begegnet, bin ich zwar traurig, aber nicht mehr verzweifelt!

Nach den vier Wochen hatten wir ein Gespräch vor Gericht.
Alle haben ihre Berichte über diese letzten Wochen abgegeben.
Die Richterin hat alles genau überprüft, Einzelgespräche geführt, und mich intensiv betrachtet. Dann hat sie die Vormundschaft wieder aufgehoben!
Zur Feier des Tages gehen wir alle Pizza essen.

Am Abend fragt mich Benjamin, als wir schon im Bett liegen:
„Möchtest du bei mir einziehen?"
„Ja, liebend gerne!", antworte ich glücklich und zeige ihm gleich, was er mir bedeutet.

Zum nächsten Monatsende kündige ich meinen Mietvertrag.

Die Jungs helfen mir beim Umziehen!
Viel ist es nicht!

Ich bin mit Benjamin so glücklich!
Wir ergänzen uns toll!
Gegenseitig motivieren wir uns und meistern jede Herausforderung!
Immer wieder fällt einer von uns zurück in ein Loch.
Dank unserer Freunde wird das Loch jedoch nicht sehr tief!

Nach einem halben Jahr fragt mich Benjamin zögerlich, ob ich jemals wieder einen Hund haben möchte.
„Irgendwann schon, aber jetzt noch nicht!", erkläre ich ihm immer noch traurig.

Der Herbst ist vorbei und der Winter zeigt sich von seiner schönsten Seite!
Es hat geschneit und die Bäume sehen wie bepudert aus!
Wir unternehmen lange Spaziergänge!
Manchmal ist einer von unseren Freunden mit dabei!

Wir machen aus, dass wir Weihnachten bei uns feiern!
Das Schmücken des Weihnachtsbaums hält einige Tücken für uns bereit!
Ich beklage mich, weil er so furchtbar piksig ist!
Er jammert, ich wollte ja so einen großen Baum haben.
Dann waren wir uns nicht ganz einig, welche Farben die Kugeln haben sollen.
Doch nach jedem „Streit" haben wir uns ausführlich versöhnt!
Deshalb haben wir uns oft gestritten!

Weihnachten ist da und unsere Gäste bringen alle etwas zu essen mit, sodass nicht alles an Vorbereitung bei uns hängen bleibt!
Glücklich sitzen wir zusammen, reden viel, piesacken uns und schäkern herum!

Zur Bescherung gibt es Schokolade für alle!
So kann man nichts falsch machen und jeder hat einen Jahres-
vorrat an Nervennahrung zu Hause!

Um circa zwanzig Uhr klingelt es an der Türe!
Benjamin springt auf und grinst selbstgefällig.
Die anderen lachen verhalten.
Neugierig betrachte ich jeden und behalte die Türe genau im Blick!
Irgendetwas geht hier vor!
Benjamin kommt nach wenigen Minuten wieder herein und
hält etwas im Arm!
Tränen sammeln sich in meinen Augen!
„Darf ich dir Charlie vorstellen?", sagt er leise zu mir, während
er auf mich zukommt.
Dann setzt er das Fellknäuel auf meinem Schoß ab!
Sofort wird mein Herz mit wunderbaren Gefühlen geflutet!
Ein kleiner Berner Sennenhund!

Die anderen tragen nach und nach die Utensilien für Charlie herein!
Das war geplant und gut vorbereitet!

„Oh Gott! Ich liebe euch alle!", schniefe ich glücklich.
„Ich hoffe, dass du mich ein bisschen mehr liebst?", fragt Ben-
jamin lachend.
Er drückt mir einen langen Kuss auf den Mund!
Was für ein wunderschönes Fest!

Nachwort

Diese Geschichte und die Personen, die darin vorkommen, sind frei erfunden!

Die Aussagen über die Hundehaltung und Erziehung sind für mich sehr wichtig und ich finde, dass sich jeder seiner Verantwortung als Hundehalter bewusst sein muss!

Die Problematik mit den ausgelegten Giftködern ist ständig präsent und beschäftigt mich jeden Tag, da in meiner Gegend schon einige Hunde deswegen eingeschläfert werden mussten!

HERZ FÜR AUTOREN A HEART FOR AUTHORS À L'ÉCOUTE DES AUTEURS MIA ΚΑΡΔΙΑ ΓΙΑ ΣΥΓΓΡΑ
HARTA FÖR FÖRFATTARE UN CORAZÓN POR LOS AUTORES YAZARLARIMIZA GÖNÜL VERELIM SZÍVI
PER AUTORI ET HJERTE FOR FORFATTERE EEN HART VOOR SCHRIJVERS TEMOS OS AUTOR
ZÖINKÉRT SERCE DLA AUTORÓW EIN HERZ FÜR AUTOREN A HEART FOR AUTHORS À L'ÉCOUTI
AÇAO ВСЕЙ ДУШОЙ К АВТОРАМ ETT HJÄRTA FÖR FÖRFATTARE Á LA ESCUCHA DE LOS AUTORE
ΚΑΡΔΙΑ ΓΙΑ ΣΥΓΓΡΑΦΕΙΣ UN CUORE PER AUTORI ET HJERTE FOR FORFATTERE EEN HA
VER ÖINKÉRT SERCE DLA AUTORÓW EIN HERZ FÜR
SCHRI OS AS CORAÇAO ВСЕЙ ДУШОЙ К АВТОРАМ ETT HJÄRTA FÖR

Die Autorin

Birgit Peringer wurde 1976 in Bad-Cannstadt,
Deutschland, geboren. Nach der Realschule
folgte die Ausbildung zur Erzieherin. Die Corona-
Krise veranlasste sie, mit dem Schreiben zu
beginnen. In weiterer Folge hat sie schon mehrere
Geschichten verfasst. Die Autorin selbst hält sich
eher im Hintergrund und genießt die Zeit mit ihrer
Familie und den vielen Haustieren. In Ihrer Freizeit
bevorzugt sie Gartenarbeit und Spaziergänge mit
ihrem Hund. Birgit Peringer lebt in Calw („dort, wo
andere Urlaub machen"), ist verheiratet und hat
drei Kinder.

novum VERLAG FÜR NEUAUTOREN

Der Verlag

> *Wer aufhört*
> *besser zu werden,*
> *hat aufgehört*
> *gut zu sein!*

Basierend auf diesem Motto ist es dem novum Verlag ein Anliegen, neue Manuskripte aufzuspüren, zu veröffentlichen und deren Autoren langfristig zu fördern. Mittlerweile gilt der 1997 gegründete und mehrfach prämierte Verlag als Spezialist für Neuautoren in Deutschland, Österreich und der Schweiz.

Für jedes neue Manuskript wird innerhalb weniger Wochen eine kostenfreie, unverbindliche Lektorats-Prüfung erstellt.

Weitere Informationen zum Verlag und seinen Büchern finden Sie im Internet unter:

w w w . n o v u m v e r l a g . c o m